COLLECTION FOLIO

Michel Déon
de l'Académie française

Un souvenir

Gallimard

Michel Déon est né à Paris en 1919. Après avoir longtemps séjourné en Grèce, il vit en Irlande. Il a reçu le prix Interallié en 1970 pour *Les poneys sauvages* et le Grand Prix du roman de l'Académie française en 1973 pour *Un taxi mauve*. Il a publié depuis *Le jeune homme vert*, *Les vingt ans du jeune homme vert*, *Un déjeuner de soleil*, *« Je vous écris d'Italie... »*, *La montée du soir* et rassemblé quelques souvenirs dans *Mes arches de Noé* et *Bagages pour Vancouver*. Il est membre de l'Académie française depuis 1978.

Souvenirs dont le signe mortel est absent, c'est pour cela sans doute que votre retour en nous est sans tristesse... De vous la forme rappelée échappe au temps reste présente : toujours les bras fermes et les contours polis de la jeunesse. Sources pérennes, feuillage insensible aux saisons, ainsi vous vivez en nous sans faiblir ni changer, comme si vous participiez de la presque immortalité, du très long âge qu'on attribue aux nymphes et aux corbeaux.

Valery Larbaud
Le miroir du café Marchesi.

Ah my friend, you do not know, you do not know
What life is, you who hold it in your hands';
You let it flow from you, you let it flow,
And youth is cruel, and has no more remorse
And smiles at situations which it cannot see.

T. S. Eliot
Portrait of a lady.

Bien que le jeune homme fût d'un avis contraire, le vieil homme poursuivait l'idée qu'en retournant sur les lieux, il apaiserait ses regrets. Le jeune homme (que sa mère nomma Ted jusqu'à l'âge d'homme) assurait au vieil homme, Edouard, que le voyage à Westcliff-on-Sea, loin d'apaiser ses regrets, les raviverait au contraire de façon peut-être intolérable. A son âge, avec sa santé, n'était-il pas préférable de fuir les émotions trop fortes ? Edouard se fâchait. Si, par dérision de soi, il aimait se vieillir, en revanche il détestait qu'on lui rappelât son âge véritable. Certes, l'année précédente, une attaque de goutte, un rien d'hypertension l'avaient inquiété, mais, depuis, après un séjour à Quiberon, il se sentait rajeuni de vingt ans, armé de forces nouvelles, et prétendait ne plus souffrir que de lancinants souvenirs.

« Si vous n'aviez pas retrouvé cette photo, vous n'y auriez plus jamais pensé, disait Ted. — Comment oses-tu le prétendre ? Cette photo perdue au fond d'un tiroir, surgie grâce à un rangement, remonte à la surface des souvenirs qui vivaient encore en moi, enfouis certes, écrasés peut-être par un magma d'images, de sons, de paroles et même, disons-le, d'amours, de souffrances, de plaisirs et de morts, enfin tout ce qui remplit la vie d'un homme et lui donne son prix. Montre-moi une autre photo de la même époque — je crois que c'était en 1936 —, et je te promets qu'elle évoquera au plus une seconde de mon passé, à moins encore que je n'y reconnaisse même pas la personne à qui je souris ou que je tiens par l'épaule. »

Ils allaient ainsi, marchant de pair d'un pas égal dans les rues de Paris, s'en évadant pour tourner en rond dans un jardin — le Luxembourg, le parc Montsouris, les Tuileries, le Ranelagh, les Buttes-Chaumont — où ils s'arrêtaient pour observer d'un œil amusé les jeux des bébés blancs avec leurs nourrices noires ou jaunes, les enfants agrippés à la crinière d'un shetland résigné, une marchande de barbe à papa, de crécelles et de moulinets, le manège de chevaux de bois et de voiturettes qui tournaient sous l'œil fiérot des parents. Ils aimaient particulièrement débusquer les chaisières qui se cachaient derrière un arbre ou une statue avant de fondre sur un client, et leurs commentaires irritaient fort les joueurs de boule fascinés par le cochonnet. Edouard aimait aussi s'asseoir sur un banc parmi des gosses emmitouflés, les uns terrorisés, les autres enthousiasmés par une saynète de Guignol bien que ce fût toujours la même histoire : Guignol rossait Gnafron à coups de trique et le livrait aux gendarmes.

« C'est complètement idiot, disait Ted, et il est faux que je m'y sois jamais intéressé. — Il est normal qu'à ton âge tu ne te souviennes plus de ton plaisir à ce spectacle, mais quand tu vieilliras, ce plaisir te reviendra en mémoire et tu éprouveras une vraie jouissance à retrouver tes pleurs et tes rires. — Vous retombez en enfance ! — Puissé-je ne l'avoir jamais quittée ! »

Edouard avait demandé à un laboratoire de copier et d'agrandir la photo jaunie avec le temps et dont l'apprêt se craquelait. Bien sûr, seule la vieille photo importait, mais il n'était pas inutile d'en avoir une copie plus nette, format 18 × 24, comme si le seul fait de restaurer et d'agrandir l'originale permettait au souvenir qu'elle évoquait de se débarrasser de ses imperfections et de s'amplifier.

« Vous allez vous blesser, disait Ted, et vous le savez très bien. Qu'est-ce que cette nouvelle folie ? — J'aimerais savoir s'il reste des traces d'amour dans mon cœur ou si cet organe, dont j'ai abusé, est desséché, tout juste capable d'une analyse et incapable d'une synthèse. »

Le jeune homme haussait les épaules avec un rien de mépris :

« Je ne vous suivrai pas, disait-il, vous irez seul, vous vous perdrez dans les kilomètres de couloir qui séparent les aérodromes d'Heathrow un, deux, trois, quatre. Vous ne trouverez pas de train et vous prendrez un taxi ruineux. — J'ai plus que toi l'habitude des avions, en ayant usé et même abusé au temps de ma splendeur quand se déplacer était encore un plaisir. Mais, rassure-toi tout de suite : j'irai par le bateau et par le train. Comme autrefois, et par le même itinéraire. — Je ne peux pas vous laisser aller seul. Nous sommes, hélas ! inséparables... — Je le sais bien. Il me faudra t'imposer silence. »

Edouard bourra un sac sherlockholmien de linge, d'affaires de toilette, d'un bloc-notes vierge et de quelques livres que, selon son habitude, il ne lirait pas. Le train du matin arrivait à midi à Calais. A treize heures, la malle appareillait pour Douvres. Sur le pont-levis du ferry, il y eut un incident : un jeune homme chevelu, vêtu d'un caban de marin et portant sur son épaule au bout d'un bâton un ballot de grossière étoffe, se coucha soudain en travers, bloquant le passage des autos. Allongé sur le dos, il serrait contre son ventre le ballot d'étoffe et, insensible aux objurgations des marins, contemplait le ciel vide de ses grands yeux bleus perdus dans le roux des sourcils et des cils. Quand deux marins se saisirent de lui pour dégager le passage, il gigota des jambes par saccades et perdit ses sabots, découvrant la corne noircie de ses pieds nus. On alla chercher une civière pour l'embarquer et, soit qu'il fût calmé, soit que cette soudaine lévitation répondît à un désir informulé, il se détendit aussitôt, sourit aux anges et commença de fredonner une berceuse. A peine était-il dans la cale, suivi par d'impatientes autos qui craignaient de manquer le départ, que le second, chargé de l'équilibrage du fret, accourut, croisant les bras au-dessus de sa tête dans un geste de dénégation véhémente pour signifier qu'il refusait de prendre à bord un malade mental, peut-être un drogué. Les marins redescendirent le pont-levis avec la civière et la vidèrent proprement sur le quai, leur fardeau roulant sur lui-même jusqu'à heurter une bitte qui le retint de tomber dans les eaux poisseuses du port. Tout cela n'avait pas pris plus de deux ou trois minutes, et Edouard se demanda même si, bien qu'ils fussent nombreux à embarquer, d'autres passagers avaient vu la scène, s'en étaient inquiétés ou moqués. Personne n'en parlait et chacun semblait surtout occupé à trier ce qu'il laisserait dans les voitures ou emporterait sur le pont, comme s'il s'agissait d'une longue traversée.

La décision d'Edouard plongeait le jeune Ted dans un silence consterné. On l'a déjà compris : Ted n'existe que si Edouard accepte de parler avec lui, c'est-à-dire d'être sûr de pouvoir le contredire et d'étaler son expérience. A la vérité, Ted est un heureux stimulant. Il rassure Edouard qui se pique de lui apprendre ce que nul ne lui enseignait pour ses vingt ans. Mais comment Ted — ou Edouard jeune si l'on préfère — a-t-il pu être aussi oublieux, aussi peu romanesque, et par quelle manipulation génétique Edouard est-il devenu après la soixantaine, un homme au contraire si sensible aux signes, si avide d'un passé dont il veut, par foucades, retrouver les traces plus qu'improbables comme pour se persuader qu'il a bien existé ? Comment, se demande-t-il, tandis que la malle Calais-Douvres s'éloigne du quai pour voguer dans la mer verte et que les premiers goélands planent dans son sillage, oui, comment a-t-il pu se détacher sans peine et sans remords de cet amour inachevé, si charmant, mouillé par les larmes des fous rires et des départs, entretenu de France en Angleterre et d'Angleterre en France par des dizaines de lettres aujourd'hui perdues ? De cette passion, ne resterait-il que la photo prise sur le muret du jardin ? Lui — que l'on appelait Ted à cette époque-là —, elle, Sheila, un bras passé par-dessus l'épaule de son tendre ami qui serre la main pendante ; la sœur, Daphné, encore en socquettes et jupe écossaise, sur les genoux un chat qui lui ressemblait tellement qu'on les confondait. De l'endroit on voit peu de choses : le sol carrelé, le muret de briques sur lequel ils sont assis, Sheila au milieu, entre son amour et sa jeune sœur, peut-être sur la gauche un araucaria encore nain, et, sur la droite, au-dessus de leurs têtes, l'enseigne de la maison : « Gypswick Guest House ». Nous sommes en été, au bord d'une plage de l'Essex, à cet endroit où l'estuaire de la Tamise est si large qu'on le croirait déjà la mer du Nord, et pourtant ils sont habillés, lui en costume de tweed brique, avec une cravate à larges rayures, elle d'une jupe blanche que tendent ses divins genoux. Elle est coiffée comme beaucoup de jeunes filles de sa génération, à l'image de sa star préférée : Norma Shearer, ses cheveux d'un blond cendré maintenus sur un côté par une barrette. Dans le soleil, les yeux de Sheila se plissent, si bien que le bleu de l'iris ne marque pas la pellicule, mais la bouche esquisse un radieux sourire, et elle avait des joues de pêche, de cela Edouard est sûr bien que près d'un demi-siècle soit passé.

La traversée est idéale. Le ferry coupe en son milieu une longue houle de plus en plus verte au fur et à mesure qu'on approche de Douvres dont voici déjà les falaises crayeuses balayées par des flaques ensoleillées, et bientôt se dessinent un phare, le port, la masse encore confuse des maisons peintes.

« Je ne vois vraiment pas ce que vous trouvez à Douvres, dit Ted. Les maisons sont laides, l'architecture est quelconque, du gothique victorien... — Douvres n'est pas que Douvres, répond Edouard. C'est déjà le royaume de Sheila et quand tu y arrivais, tu frémissais de bonheur. Elle ne t'attendait pas là, sur le quai, mais elle était à peine à quelques heures, et tout ce que l'on respirait avait sa grâce et son parfum. — Pure imagination de votre part. Vous embellissez une mauvaise arrivée. Il pleuvait toujours. — Il ne pleut pas aujourd'hui. — Une chance ! »

Le train pour Londres bien qu'il fût tracté par une locomotrice tricolore ne s'était guère modernisé, et les wagons dataient terriblement. Edouard se serra sur la banquette étroite entre une dame parfumée au désinfectant et un homme de son âge qui retira sa casquette de voyage, ouvrit une valise et prit, à l'intérieur, un chapeau melon dont il se coiffa avant de s'asseoir pour lire un journal. Edouard regrettait les escarbilles, la fumée qui dégueulassait les vitres. Ted regrettait qu'aucun syndicat d'initiative n'ait eu l'idée de remettre en usage une de ces vieilles locomotives à vapeur qui tiraient des wagons branlants.

« Un train encore plus poussif ferait monter les larmes aux yeux des Français vieillissants à la recherche de leurs petites amies anglaises d'avant-guerre. Quelle émotion ce serait pour les plus sentimentaux ! Ils paieraient le double leurs tickets, aidant, de ce fait, à combler le déficit chronique des chemins de fer britanniques. Quelle aubaine ! — Tes sarcasmes me laissent de glace. — Pas tant que ça ! Le parfum de la dame vous donne la nausée, mais qu'est-ce que ce sera quand elle commencera de pétuner, vous que l'odeur du tabac insupporte depuis que vous ne fumez plus. La voici qui sort un paquet de Player's de son immonde sac en tapisserie, tapote une cigarette sur le dos de sa main dont les doigts s'ambrent de nicotine, et l'allume avec une allumette que, une fois éteinte, elle remet délicatement dans la boîte. Ça ne vous rappelle rien ? »

Que si ! Mrs Walter, la mère de Sheila, toujours la cigarette au coin du bec, un œil à demi fermé pour éviter la fumée, l'index et le majeur droits jaunis par la nicotine. Et remettant soigneusement les allumettes brûlées dans leur boîte. Où ont-elles pris cette manie-là les dames d'un certain âge ? Aux premières bouffées qu'expira sa voisine, Edouard reconnut le parfum des Player's préférées de Sheila. Le matin, il lui offrait son paquet de cigarettes de la journée à condition d'allumer la première et de la glisser lui-même entre les lèvres de la bien-aimée pour le baiser d'ouverture de la journée, et si elle lui rendait la cigarette après quelques bouffées c'est qu'elle lui rendait son baiser avec le papier à peine teinté du rose dont elle fardait légèrement sa bouche, aux lèvres encore enfantines. La nuit, assis dans l'obscurité sur les marches de l'escalier, au deuxième étage de la maison, ils fumaient une dernière fois la même cigarette dont seul le rougeoiement éclairait leurs visages muets tandis que les mains se nouaient ou caressaient en silence le corps de l'autre.

Un instant, Edouard rêva de ces nuits où ils s'adonnaient à des plaisirs infinis sans franchir la barrière interdite par Madame Mère qui laissait une belle liberté pourvu qu'ils tinssent leur promesse. Et ils l'avaient tenue cette promesse. En vain.

Peu intéressé par ce genre de souvenir qu'il trouvait plus ou moins puéril, Ted attira l'attention d'un Edouard rêveur vers le couloir du wagon : une silhouette s'arrêtait, s'accoudait à la rampe de la portière et contemplait le morne défilé de la campagne, l'autrefois délicieux Kent, devenu en quelques décennies une banlieue de la pieuvre londonienne. Bien que l'homme fût à contre-jour, on reconnaissait le caban, le jean rapiécé, l'épaisse chevelure tirant sur le roux, les sabots. La Providence veillait sur ces épaves : de la foule sortait un protecteur, une âme charitable qui sauvait — au moins dans l'immédiat — l'épave, la restaurait, la gavait, et, peut-être même, pleurait de chagrin quand ce fantôme aléatoire disparaissait en bravant, une fois de plus, sa bonne étoile. Saoul ou drogué, le fantôme retrouvait, plus loin encore, grâce à une chaîne de charité spontanée, le chemin de sa ville, de sa maison, d'un foyer où reprendre des forces avant de glisser de nouveau vers les délices de l'enfer. Edouard comparait cette jeunesse veule à la sienne que lui rappelait Ted. S'il ne se souvenait pas d'avoir aimé la société dans ses années d'avant-guerre — et il nourrissait même alors contre elle de brusques et violentes colères quand elle attentait à ses espoirs et à ses libertés —, il lui reconnaissait au moins des droits dont celui de l'obliger à défendre ce pis-aller quand la situation l'imposait. Pas le moins du monde confus, il se rappelait avoir salué, sans forfanterie, la déclaration de guerre. Elle ouvrait le monde à une génération coincée entre deux extrêmes aussi répugnants l'un que l'autre. Pour employer le vocabulaire imagé de la jeunesse d'aujourd'hui qui « s'éclate » dans les plaisirs, il s'était « éclaté » dans la guerre qui offrait l'aventure, les nuits de guet à la belle étoile, le froid, la faim, la peur, la jouissance de tirer, des camaraderies scellées dans le danger. Loin de se dire comme Céline : « Moi, j'aime pas la guerre, d'abord ça se passe à la campagne, et moi, la campagne ça m'emmerde », il avait aimé, lui l'enfant des villes, l'inexprimable odeur de pourriture des bois que l'on fouille le doigt sur la détente, les sommeils dans la paille craquante des granges ou la morsure glacée des gués. Ceux qui n'avaient pas connu cela restaient des infirmes et, comme le garçon aux sabots, cherchaient dans l'alcool, la drogue, le dénuement ou la soumission à un gourou phraseur l'épreuve initiatique sans laquelle on reste à jamais prisonnier de l'enfance. Mais Sheila dans tout cela ? Il l'avait oubliée. Le vacarme du monde couvrait le délicat murmure des amours adolescentes.

« Ne vous racontez pas trop d'histoires, disait Ted. Vous l'aimiez sûrement toujours, mais de retour en France, vous vous êtes embarqué, l'été suivant, dans une passion beaucoup plus mûre que ne freinait pas une Mrs Walter dont on peut dire aujourd'hui qu'elle fut bien libérale pour son temps. Entier à cette découverte fabuleuse mais sans issue, vous vous êtes jeté dans la guerre qui vous libérait. Votre passion deuxième, je la connais bien : Béatrix a embelli votre vie et l'a longtemps réchauffée. Vous ne sauriez en avoir honte. Elle est votre éducation sentimentale. Elle vous a tout appris. Je connais vos secrets : dans votre portefeuille, vous gardez en talisman quelques lignes copiées dans le livre d'un de vos auteurs préférés au sujet d'une femme qui avait éveillé en lui le goût de l'amour : " B. m'a enseigné qu'on peut aimer successivement (et à la rigueur, quand le temps presse, ensemble) deux ou trois femmes sans rien voler à l'une ou à l'autre parce que ce n'est jamais le même sentiment qu'elles inspirent et que, réciproquement, on peut aimer un être qui appartient à un autre sans que vous dévore le besoin de posséder à soi seul l'objet aimé. Ce qu'on vous donne est déjà trop beau. Toute autre attitude relève du romantisme, c'est-à-dire d'un état d'esprit tout à fait irréaliste. " — Tu sais tout de moi, dit Edouard, mais je ne t'ai pas raconté que la passion qui éclipsa mes amours de jeune homme resta parfaitement calme une fois passée la frénésie des premières étreintes. Nous avions conclu un pacte. Il a tenu jusqu'à la fin, jusqu'à ce que Béatrix se tire un coup de pistolet dans le cœur après avoir brûlé dans la cheminée de son appartement cannois mes lettres, nos photos, et peut-être celles de beaucoup d'autres hommes. Ce coup de pistolet, je l'ai entendu, j'étais à Paris, elle à Cannes, mais, je le jure, je l'ai entendu bien avant que l'écho m'en parvînt : une vive douleur, un coup de fouet qui m'aurait lacéré la poitrine. J'ai cru à un malaise et j'en aurais oublié l'heure et la date si je n'avais aussitôt appelé un ami médecin qui m'examina sur-le-champ, se moqua de moi et m'emmena au cinéma. L'écho mit une semaine pour me rejoindre. Des inconnus se donnèrent le mot en chaîne pour me prévenir. Je n'avais jamais été le prisonnier de Béatrix, mais à cause d'elle, j'avais, mon existence durant, mesuré mes mots avec les autres femmes sachant que, où qu'elle fût, elle m'entendrait et se moquerait de moi si je sombrais dans la grandiloquence. »

L'homme au caban, au jean rapiécé, aux sabots quitta la fenêtre. Le train ralentissait. Des deux côtés de la voie s'étendaient de vertigineuses cités ouvrières dont on aurait cru l'image renvoyée à l'infini par des miroirs opposés. Sur les quais des stations de banlieue brûlées sans politesse, des femmes, noires pour la plupart, Indiennes ou Africaines, attendaient patiemment l'omnibus. En sari, en drapés multicolores, elles s'épanouissaient comme de pulpeuses orchidées au sein de cercles d'enfants agrippés à leurs jupes. L'homme à la gauche d'Edouard plia son journal et le rangea dans sa valise.

Un taxi l'ayant conduit à la gare de Fenchurch Street, il se trompa deux fois de guichet pour prendre son billet à destination de Westcliff, dut faire deux fois la queue et se retrouva derrière le caban et le jean rapiécé à mort de l'homme aux sabots dont le moins qu'on puisse dire est qu'il ne sentait pas la rose.

Quand ce fut son tour, au moment de régler son billet, il se tourna vers Edouard et lui dit d'un ton sans appel :

— Donnez-moi vingt livres.

— En voilà dix puisque votre billet en vaut six.

— Oui, mais je prendrai une pinte ou deux avant le départ.

Edouard lui tendit à regret le billet de vingt livres, conscient de se comporter en pigeon et sentant bien qu'il était dans sa nature de se laisser gruger tant lui déplaisait l'idée de refuser quelque chose qui restait dans ses moyens.

— Eh bien, dit-il conciliant, nous boirons cette pinte ensemble.

— Je ne bois jamais avec la classe moyenne.

Comment protester ? Edouard eut une illumination : l'âge, avec son cortège de petites misères — une semi-calvitie, un rien de ventre, une denture souffrante et parfois, nous l'avons vu, une attaque de goutte, de l'hypotension —, l'âge ravalait l'homme fringant, autoritaire et même un rien suffisant, au rang anonyme de représentant de cette classe qui atteint la retraite avec un lâche soulagement.

— Voilà au moins une morale conséquente, je ne saurais trop vous en féliciter.

— Gardez vos félicitations pour vous.

— Je le reconnais, j'ai eu tort de vous féliciter.

L'homme au caban haussa les épaules, paya son billet, ramassa la monnaie et laissa la place.

Les trains de banlieue ne changeaient pas en un demi-siècle. Tout au plus offraient-ils un aspect extérieur plus pimpant : peints en blanc strié de rouge et de bleu, ils paraissaient moins sinistres qu'autrefois, mais à l'intérieur ils restaient aussi inconfortables et aussi sales que dans le temps passé, puant la cendre froide et une autre chose qu'il mit un temps fou à définir, une chose crasseuse et mélancolique. Ah, oui, les trains qui, chaque jour, déversaient les employés sur Londres et, le soir, les renvoyaient dans leurs cases, sentaient les pieds et les rots de bière. L'odeur, soudain redevenue familière, rassura Edouard qui se détendit agréablement. Il eût aimé partager la banquette avec quelqu'un, n'importe qui, un vieux, un jeune, pourvu que ce fût un être humain à qui il pourrait sourire et, même, le cas échéant, raconter comment un instant auparavant, il avait su se maîtriser et garder le beau rôle. Ou était-ce parce qu'il ne se sentait plus aussi sûr de lui-même et de sa force que le temps des conciliations arrivait ? Se poser la question valait d'y répondre déjà.

« Je vous devine, dit Ted, vous ne me cacherez rien et je vous surveille. Il n'y aura pas de prochaine fois. Vous avez signé aujourd'hui un pacte de non-agression avec le genre humain, et au lieu de cingler d'un coup de cravache vos insulteurs, vous les cinglerez désormais de quelques mots affûtés au rasoir. Toutefois je vous rappelle que cet olibrius a pris le même train que vous, qu'il est dans le compartiment voisin, ses pieds sales sur la banquette, fumant son dernier joint avant d'arriver à destination. Vous l'avez très bien vu s'engouffrer dans le wagon voisin et vous l'avez expressément évité. Que comptez-vous faire s'il descend à la même station que vous ? »

Edouard esquissa un geste vague qui éludait la question et la réponse. Le train s'arrêtait en grinçant des dents à chaque station de banlieue. La nuit tombait et il débarquerait dans une ville dont il avait, depuis longtemps, oublié la topographie, où il croyait se souvenir qu'il n'existait pas d'hôtel mais seulement des *Bed and Breakfast*.

« Imaginez, lui dit Ted, que l'homme au caban descende en effet, à la même station que vous ! — Absurde ! — On a vu de plus incroyables coïncidences. Comme il est certainement de la région, vous lui demanderiez s'il connaît un endroit où loger. Et, l'observant tout d'un coup avec une attention soutenue, vous vous interrogeriez : avec qui ce désinvolte dégingandé a-t-il un air de famille? Vite... bâtissons un roman merveilleux et attendrissant. Un peu plus aimable après avoir fumé son joint, il vous inviterait à le suivre. Sa mère qu'il n'a pas vue depuis cinq ans qu'il rôde en Europe, sa mère qui le croit bonze à Katmandou, tiendrait — ou aurait tenu car il ignore si elle vit encore — un *Bed and Breakfast.* Le trajet n'est pas long : cinq cents mètres jusqu'au boulevard qui borde la plage. Mal éclairées, les rues ne vous rappelleraient rien lorsque, tout d'un coup, vous aviseriez, juste au-dessus de votre tête, se balançant dans le vent, une enseigne; " Gypswick Guest House ". L'homme au caban sonnerait à la porte. Une ravissante jeune femme aux cheveux blond cendré ouvrirait. Vous êtes ébloui : c'est Sheila. — Tu nages dans l'absurdité : Sheila était déjà plus âgée que moi. De peu, mais d'un an au moins et elle ne pourrait aucunement être la mère de ce hippy attardé qui, d'ailleurs, je te le ferai remarquer est roux... — Alors, reprenons plus haut : il sonnerait, la jeune fille qui ouvrirait la porte se jetterait dans les bras de son frère, appellerait sa mère... — S'il approche la trentaine, Sheila serait plutôt sa grand-mère. — En somme, il pourrait être votre petit-fils ? — Combien de fois faudra-t-il te le répéter ? Nous nous sommes livrés à mille privautés possibles et imaginables, mais pas à l'acte. J'ai tenu ma promesse à Mrs Walter. La dernière fois où j'ai quitté l'Angleterre, Sheila était toujours intacte au sens très limité du mot. Ton histoire ne tient pas debout. — Oui, mais elle vous a permis de rêvasser jusqu'à Westcliff on Sea où nous arrivons. »

Le train se cabrait en grinçant des dents. Un cheminot passa le long des wagons, ouvrant les portières à ceux qui n'y parvenaient pas. Edouard se trouva seul sur le quai. Les autres voyageurs montaient déjà dans les autos en attente derrière la gare. Le train s'éloignait. Un homme en casquette de drap s'approcha :

— Vous désirez un taxi, monsieur ?

— Oui, je vous retiens.

— Où allons-nous ?

— Je ne sais pas au juste. L'endroit où j'aimerais aller n'existe sans doute plus. Est-il tombé des bombes ici pendant la guerre ?

— Je crois que oui. Mon père m'a dit quelque

chose comme ça. En bord de mer, il y a eu de la casse, mais pas grand-chose.

— J'aimerais retrouver une maison qui s'appelait « Gypswick Guest House ».

— Gypswick ? Jamais entendu ce nom-là.

— C'est le vieux nom d'Ipswich.

— Alors, pourquoi l'appeler Gypswick ?

— Un raffinement.

— Où était-ce ?

Edouard indiqua la Promenade du front de mer et s'assit à côté de l'homme. La nuit était tout à fait tombée sur les rues en pente mal éclairées. En revanche, le front de mer semblait plus accueillant grâce à de hauts lampadaires au néon.

— On illumine quand il n'y a rien à voir, dit le chauffeur, et quand il faudrait y voir clair, on laisse tout dans l'ombre. Il y a déjà eu deux viols cette année.

Seulement ? pensa Edouard. Les filles sont devenues insautables à Westcliff ou bien les satyres sont fatigués. Il reconnaissait mal. Là où il attendait le Country Club de tennis se dressait un petit immeuble de quatre appartements illuminés par des projecteurs.

— Ils ruinent Westcliff, dit le chauffeur remarquant l'attention d'Edouard. Bientôt ce sera comme Miami.

— Vous en êtes loin encore. La jetée existe-t-elle toujours ?

— Elle a disparu au début de la guerre. On l'a détruite pour qu'elle ne serve pas de repère aux avions allemands, mais on la reconstruit depuis deux ans. La jetée mesure deux kilomètres et dans le casino on pourra donner un bal pour cinq cents personnes.

— Parce qu'il y a encore des bals ici ?

— Il faut bien distraire les retraités.

Tous les samedis soir, jusqu'à minuit pile, il y avait bal au casino de la jetée. Sheila trouvait qu'il dansait comme un pied. En vérité, il préférait mille fois la voir se livrer aux figures compliquées alors à la mode en Angleterre. Le meilleur partenaire de Sheila était un pasteur en vacances qui se levait à six heures du matin pour prendre un bain glacé dans la mer, jouait — et fort bien — au tennis de dix heures à midi, prenait sa leçon de boxe à six heures, sirotait des martinis dry jusqu'à l'heure du dîner et le dimanche matin donnait de la voix dans un chœur de l'Eglise d'Angleterre. A ce charmant homme, svelte et grisonnant, les valses, les tangos compliqués, le *lambeth walk*. A Edouard (ou n'est-ce pas plutôt à Ted qu'il faudrait dire) les *slows* qui permettaient de danser joue contre joue et de se voler de furtifs baisers près de l'oreille ou sur les lèvres quand les projecteurs s'éteignaient pour laisser tourner les éclats d'une boule de cristal. Ils se savaient au comble du bonheur et ils étaient sûrs de s'aimer toujours malgré les distances, les frontières, leurs familles si différentes et, pire que tout, leur jeunesse qui, par un méchant paradoxe, dressait un obstacle infranchissable au moindre de leurs projets.

« Voyons, dit Ted, alors que le taxi abordait le front de mer, avouez que vous n'étiez pas sans arrière-pensée. Vous imaginiez mal à dix-sept ans que vous ne connaîtriez qu'une femme dans la vie, que vous passeriez cinquante ans auprès de votre aimée sans autre curiosité pour le genre féminin, et qu'un jour, elle serait près de vous, vieille, décatie, les dents déchaussées comme sa mère, hissant dans l'escalier un postérieur beaucoup trop pesant pour ses jambes restées divinement maigres et longues, les yeux injectés de sang parce qu'elle boirait trop, la voix enrouée par le tabac et chantant tous les jours que Dieu fait, comme sa mère, le leitmotiv de la *Marche turque* ou le morceau favori de l'orchestre à cuivres du jardin public : *Le siffleur et son chien.* — Tais-toi », dit Edouard.

— Qui ? Moi ? demanda le chauffeur. Personne ne m'a jamais dit de me taire.

— Je ne vous parlais pas, je parlais à un chien qui allait aboyer après votre taxi.

— Ah, bon ! Vous avez raison. Ces chiens sont des nuisances. Il y en a plein qui courent la nuit. Vous vous y reconnaissez ?

— Pas tellement. Je crois qu'il vaudrait mieux chercher demain matin. En attendant, j'aimerais bien me trouver un hôtel.

— Hors saison. Il n'y en a pas un seul d'ouvert. Je peux vous conduire à Southend.

— Même pas un *Bed and Breadfast* ?

— J'en connais deux : un sur le front de mer, chez Mrs Trump, l'autre près de la gare, chez Mrs Aussie.

— Laquelle a une jolie fille ?

Le chauffeur rit lourdement et tapota son volant.

— Mrs Aussie n'a pas dc fille. Rien que des garçons qui jouent du piano et du violon. Mrs Trump a une fille de dix-sept, dix-huit ans, et même très jolie. Je la connais un peu : elle est amoureuse d'un garçon qui s'appelle Andrew Browne, un copain de mon fils.

— Conduisez-moi chez Mrs Trump, s'il vous plaît.

— Vous avez raison. Il ne faut jamais dételer...

Le hall baignait dans une aura grenat qui en un tout autre endroit que Westcliff aurait annoncé une maison de rendez-vous. Mrs Trump, forte femme d'une quarantaine d'années, sanglée dans une robe grise trop courte, commença par le regarder avec suspicion.

— Deux nuits, peut-être trois, je ne sais pas encore.

— J'ai une chambre en haut, mansardée, mais vous serez seul à l'étage pour la salle de bains. Le petit déjeuner est à neuf heures.

— J'aurais aimé dîner.

— Nous avons tous dîné à dix-huit heures trente.

— En ce cas, je demande au chauffeur de me conduire à Southend et je reviendrai à pied.

— Comme vous voudrez.

Elle se montrait à peine aimable. Peut-être se méfiait-elle des étrangers qui n'apportent que désordre et dissolution. Il laissa sa valise, et le taxi le conduisit à Southend où il trouva difficilement un restaurant. Les filets de carrelet frit avaient un goût de papier mâché ; les frites empestaient l'huile ; la tarte bourrée de clous de girofle rappelait sans plaisir un arrêt chez le dentiste. Pour se consoler, il entra dans un cinéma où il prêta peu d'attention au film, préoccupé toute la séance par un trou de mémoire. Quels films voyaient-ils ? Il était incapable de se souvenir peut-être parce que, tout occupés à se caresser dans l'ombre ils regardaient à peine l'écran. Mais non... ils n'avaient pas besoin d'un cinéma pour se caresser. Ils se tenaient la main en public et même à table malgré les froncements de sourcils de Mrs Walter. Se pouvait-il qu'il eût passé un été sans garder la mémoire d'un seul film parce que tous les films du monde défilaient dans les yeux chagrins ou brillants de plaisir de Sheila... ? Quant à Ted, il n'avait même pas remarqué ce peu d'intérêt pour le cinéma, si, en revanche, il se souvenait que, pendant la même saison, il lisait uniquement des romans anglais, surtout Joseph Conrad, et alignait avec soin, tous les jours, dans un carnet à spirales, vingt mots nouveaux, quelques anglicismes et des tournures interrogatives dont il perfectionnait à plaisir les subtiles arabesques. Il croyait progresser, mais un pensionnaire, Mr Sutton, l'horrible Mr Sutton, ingénieur des travaux publics, ancien oxonien, apoplectique et chauve, armé, pour tout charme, d'une M.G. décapotable dotée d'un formidable tuyau d'échappement qui le signalait dix minutes avant son retour, Mr Sutton ne manquait jamais une occasion de corriger méchamment ses accents toniques ou la moindre défaillance dans ses verbes irréguliers. Mr Sutton, l'horrible Mr Sutton, le haïssait. Le spectacle des amours adolescentes du Français et de la mince Anglaise aux lèvres coralliennes le remplissait d'une amertume mal contenue.

Pourquoi, soudain, se remémorer Mr Sutton un demi-siècle après, alors qu'Edouard n'avait jamais pensé à lui depuis la guerre, et pourquoi se souvenir, avec une telle précision dans les détails, de sa veste à carreaux, de sa cravate de collège, noire à pois rouges, des chemises aux cols effrangés, des grands pieds dans de lourdes bottines et du parfum effroyablement commun de la lotion après rasage qu'il appliquait le matin avant de faire irruption dans la salle à manger ? Edouard eût mille fois préféré se souvenir des films vus en compagnie de Sheila que de la couleur des chaussettes de Mr Sutton, mais, quand on n'a pas eu le soin de la domestiquer, la mémoire prend de fantasques libertés et joue à cache-cache avec nous. Mécontent d'avoir tiré de l'oubli un personnage qui eût dû y rester, Edouard, quittant le cinéma et son film insipide, emprunta le bord de mer et le suivit jusqu'à Westcliff. La Promenade déserte oscillait à la lueur des lampadaires chahutés par le vent, et la marée montante lapait la plage de galets. Derrière les bow-windows aux rideaux tirés, crépitaient des télévisions dont les images noir et blanc, traversées d'éclats mauves, se reflétaient aux plafonds. Une voiture de police ralentit en le dépassant, mais n'insista pas. Eh bien, puisqu'il ne pouvait chasser le souvenir qui avait valu à Mr Sutton le surnom d'horrible, autant appeler à soi ce souvenir lointain avant qu'il s'efface à jamais, en retrouver le dessin aussi exact que possible : un après-midi où Sheila et Ted avaient décidé d'aller se baigner, ils s'étaient déshabillés dans leurs chambres respectives et rencontrés sur le palier. A la plage, il est probable qu'ils se seraient allongés l'un à côté de l'autre sans arrière-pensée, mais se trouver ainsi, à demi nus, dans la maison silencieuse et déserte, était une affaire autrement troublante. Il l'avait attirée dans sa chambre et, debout l'un et l'autre, ils s'étaient mutuellement dépouillés du peu qui cachait leur nudité. Le clair regard de Sheila s'était voilé tandis que Ted la contemplait sans oser la caresser ou la presser contre son cœur comme il l'eût fait si elle avait été habillée. Sa beauté adolescente encore en bouton s'ouvrait comme une précieuse rose blanche sous le regard de son ami. Les seins qu'il caressait dans la nuit sans les voir, le ventre dont il savait par cœur la douce courbe, l'ombre des cuisses jointes, c'en était trop d'un coup. Ils auraient suffoqué et brisé leur promesse si Mr Sutton, suivi du pasteur Roberts qu'il était allé chercher pour servir d'alibi moral à son intervention, n'était entré sans frapper, salissant d'un coup la belle scène d'amour qui se jouait comme dans un musée entre un visiteur et une statue. Ted en voulait à mort à l'intrus d'avoir interrompu ce qui relevait plus de la méditation que du voyeurisme et, bien plus encore, de s'être rincé l'œil à bon compte au nom de la morale et de la pudibonderie. Informée dès son retour, Mrs Walter blêmit et but cul-sec un grand verre de brandy qui enflamma ses joues déjà pas mal couperosées. Le pasteur Roberts sut la calmer avec des citations du genre : « Il n'est dit nulle part que Bethsabée était une mauvaise femme bien qu'elle se fût montrée nue à David. » L'exemple de Bethsabée apaisa beaucoup Mrs Walter, et Mr Sutton eut l'idée, fort diplomatique, de disparaître avant le dîner et de ne réapparaître qu'au moment où sonna le gong. Il tenait, appuyé à la base de son nez, un mouchoir taché de sang. Il avait, assurait-il, manqué une marche dans le jardin et s'était méchamment cogné contre le muret de l'escalier. Sheila et Ted furent les seuls à ne pas s'apitoyer, Ted d'autant plus qu'il n'était pas peu fier d'avoir surpris son rival d'une petite tape sur l'épaule et d'un bon direct du droit sur le nez. De ce jour-là, on n'appela plus Mr Sutton que l'horrible Mr Sutton, ce dont il eut vent sans que cela lui servît de leçon.

A marée haute, la Promenade laissait à peine une dizaine de mètres de plage libre au sable et aux galets teintés de vert par la lumière des lampadaires. Autrefois, des cabines de bain occupaient ce maigre espace, et des baraques foraines pour les marchands de gaufres et de saucisses chaudes. Des ménestrels avaient dressé une sorte de petit théâtre tournant le dos à la mer. Sur une minuscule scène, ils dansaient et chantaient, habillés en pierrots : deux noirs, trois blancs et une chanteuse noire américaine. Sheila les adorait et, au début de l'été, restait des heures à les écouter, assise sur la balustrade, laissant pendre ses longues jambes si belles, l'excitation rosissant ses joues encore enfantines. Accompagnés au ukulélé ou au banjo, ils ressassaient les rengaines de la saison. Le soir même il fallait courir les boutiques de Main Street, à Southend, pour acheter les disques : *Yes, Sir, that's my Baby... Red Sails in the Sunset..., The Island of Capri..., Dinah, if there is Anyone Finer..., A Little White Gardenia... Anything Goes...*, et *Smoke Gets in your Eyes...* dont Ted, devenu Edouard avec la respectabilité, se souviendrait toujours : au moment où il quittait la pension pour regagner la France, Sheila, enfermée dans sa chambre, avait mis à tue-tête sur son phonographe, le disque dont ils étaient convenus qu'il les ferait toujours penser l'un à l'autre quel que fût l'endroit du monde où ils l'entendraient. Avant de monter dans le taxi qui le conduisait à la gare, il avait levé les yeux et aperçu, derrière la vitre dépolie comme par des larmes, la silhouette tremblée, jupe bleue et corsage blanc de la bien-aimée.

« Je ne sais pas, lui dit Ted, ce qui vous prend de remonter le courant et de laisser les souvenirs vous troubler ainsi. Vous étiez tranquille, serein même, et tout d'un coup avec une folle imprudence, vous questionnez un passé auquel vous ne changerez rien.
— Les regrets sont suaves, mentit Edouard. Je les préfère aux remords qui m'eussent poursuivi longtemps si j'avais dépassé la frontière des plaisirs tolérés par Madame Mère. Tu es trop jeune — et, Dieu merci, tu es même condamné à la jeunesse éternelle puisque je le veux ainsi —, tu es trop jeune pour comprendre que l'évocation de pareils souvenirs — même si cela risque de me plonger dans un abîme — est riche d'émotions et que j'ai besoin, comme un noyé qui revit son existence, d'éprouver encore ces émotions sans lesquelles un homme ordinaire — le plus ordinaire possible s'il te plaît — a l'impression de ne pas exister. Parce que je ressens un vrai chagrin

à rappeler ces jours heureux qui furent sans lendemain, à les rejouer sur une scène qui n'a guère changé, je peux encore me féliciter de posséder une âme et même un corps qui, malgré de subites fatigues, est toujours vigoureux. Ainsi, je te prie de noter deux choses à ne pas oublier : primo, je viens de parcourir trois kilomètres à pied en une demi-heure ; secundo, il y a cinquante ans, j'ai cassé le nez de l'horrible Mr Sutton. »

Loin sur l'eau dont on ne voyait que la frange en bordure de plage, des cargos gagnaient l'estuaire de la Tamise ou en sortaient, croisant les faisceaux blancs de leurs feux de pont et le rouge et le vert de leurs feux de position. En prêtant l'oreille, on entendait, mêlé au ressac et comme apporté par lui, le halètement des machines. Sheila prisait peu les balades en mer et l'avait fait comprendre bien qu'ils fussent allés en bateau-mouche jusqu'au cœur de Londres, mais, mal à l'aise, elle avait préféré revenir par le train, endormie sur l'épaule de son ami pendant le trajet, au mépris des commentaires aigres-doux d'amies de sa mère installées dans le même compartiment. Heureusement, elle aimait voler et Ted avait pu convaincre sa propre mère qu'il devait suivre des cours de pilotage. Les leçons consistaient surtout à monter, avec un instructeur, dans le monomoteur du club d'aviation et à se poser de l'autre côté de l'estuaire sur le terrain d'un autre club où, au bar, et bien qu'ils n'eussent pas l'âge requis, on acceptait de leur servir des martinis dry. Le corps en feu, ils refranchissaient d'un bond l'estuaire, pilotés par l'instructeur qui, lui, forçait plutôt sur le whisky sec, mais saint Joseph de Cupertino — le petit Capucin, champion de la lévitation sans filet et sans parachute — les protégeait pendant qu'ils rêvaient entre ciel et terre.

— J'ai soudoyé le pilote, annonçait Ted. Il ne nous ramène pas à Westcliff, il se dirige vers Paris à tire-d'aile et se posera sur l'esplanade des Invalides. J'irai emprunter de l'argent à ma mère qui habite à l'angle de la rue de Grenelle. Elle te donnera quelques jupes, robes et maillots de bain — elle a la même taille que toi —, je lui volerai une chaînette d'or qu'elle portait à la cheville gauche à l'époque où elle avait un amant brésilien, et je l'attacherai moi-même à ta cheville pour signaler à qui de droit que tu es ma prisonnière. Puis, nous nous envolerons vers les îles. Quelles îles ? Peu importe. Disons l'archipel des Marquises, si tu veux. Quand nous approcherons, je saurai suffisamment piloter pour que nous nous passions de notre instructeur, et je le jetterai par le hublot dans les eaux éternellement bleues du Pacifique où les requins le dévoreront et en crèveront aussitôt empoisonnés par le foie cirrhosé de cet homme sans scrupule. Non, non..., ne proteste pas : c'est pure justice pour ce vieux cochon qui, à trente ans, se permet de couler un regard vicieux sous ta jupe quand tu montes ou descends de son avion. Je ne tolère pas qu'un autre que moi te désire ! Tu dois presque inspirer de la répulsion. Je veux être le seul à connaître tes charmes, le Révérend Roberts et l'horrible Mr Sutton n'en ayant eu que la vision fugitive qui, d'ailleurs, hante leurs nuits masturbées et les fait se retourner sur leurs couches pour un châtiment éternel. Aux Marquises, loin de la morale anglicane et de la lubricité d'un pasteur et d'un ingénieur des ponts et chaussées, tu vivras nue, rien que pour moi. Nous n'aurons qu'un ami européen, cet Alain Gerbault dont je te ferai lire et relire les merveilleux livres. Nous nous nourrirons de fruits divins, de patates douces cuites à l'étouffée dans des feuilles de bananier, de poissons crus ou grillés. Pour que le soleil ne te brûle pas et que la raie manta te craigne, le matin je te couvrirai d'huile de coco parfumée au tiaré, je masserai tes belles épaules, les fossettes au creux de tes reins et je te promets que je ne m'attarderai pas plus qu'il n'est convenable aux alentours de l'admirable scissure de tes fesses. Bien sûr, nous nous serons de nous-mêmes relevés de notre vœu de chasteté et nous vivrons des délices dont nul n'a idée. Ma blonde cendrée, décolorée en paille par l'eau du Pacifique, son beau corps blanc d'amoureuse — c'est une citation d'Apollinaire, un poète français que tu sauras par cœur quand je t'apprendrai notre langue —, son beau corps blanc caramélisé par le soleil, ma blonde se gonflera d'enfants qui joueront dans nos jambes et chevaucheront des dauphins...

« Oh, elle écoutait, dit Ted. Elle ne comprenait pas tout, mais nous parlions bien, aidés par les martinis dry. Seulement Sheila mourait d'angoisse parce que l'instructeur, qui voulait briller devant elle et la séduire, chantait à tue-tête au moment de l'atterrissage et s'amusait énormément à se poser sur une roue, à faire du rase-mottes à moins que, farceur, il ne reprît de la hauteur pour retourner en face boire le dernier des derniers... — Il faut lui pardonner, elle ne savait pas grand-chose. Très exactement, elle ne savait que vivre, ce qui n'est déjà pas si mal. Le reste... les poètes et les rêves fous viendraient après. Nous avions le temps, nous avions des vies entières devant nous. »

Edouard se préoccupait pour l'heure de retrouver la maison de Mrs Trump dont il avait négligé de noter l'adresse, maison si semblable à celles qui s'alignaient sur le front de mer, avec leurs galandages, leurs balcons de bois et leurs oriels, qu'il se sentit désespérément perdu, voué à passer la nuit sur un banc humide de la Promenade plutôt qu'à frapper à toutes les portes pour quêter un renseignement ou un secours. Heureusement lui revint en mémoire le souvenir de la lumière d'aquarium du hall d'entrée, et il finit par dégoter une maison dont les rideaux laissaient filtrer une curieuse lueur rougeâtre comme d'un laboratoire de photographe. Mrs Trump ouvrit elle-même la porte en peignoir de pilou rose.

— Je n'ai pas entendu le taxi.

— C'est que je suis revenu à pied de Southend.

— Mon Dieu ! Vous risquiez...

— Rien. La Promenade était déserte. L'air de la mer m'a grisé.

— Voulez-vous une tasse de thé ?

Cette tentative pour le faire rentrer dans l'ordre des choses n'ayant pas réussi, Mrs Trump pria d'excuser son peignoir et son visage luisant de crème.

— Nous nous connaissons à peine. Vous comptez rester longtemps ?

— Deux ou trois jours. Je suis venu retrouver des traces d'amis perdus de vue depuis la guerre...

— Depuis la guerre ! Alors, je n'étais pas encore née. Comment s'appelaient-ils ?

— Walter... mais je sais bien que c'est une maigre indication, aussi maigre que s'ils s'étaient appelés Smith.

— Il me semble, il me semble...

— Quoi ? dit-il le cœur battant, conscient du ridicule de la scène dans cette antichambre rougeâtre, face à cette forte femme au visage phosphorescent.

— Il me semble que ma mère avait des amis qui s'appelaient Walter. Enfin des amis... plutôt une amie, Leila Walter, je crois. Il faudra que je lui demande.

Il ne voulait rien brusquer. Si une vérité tenait à surgir, elle attendrait qu'il fût prêt.

— On a monté votre bagage, dit Mrs Trump. Votre chambre est sur le dernier palier. C'est le numéro dix. Demain matin vous aurez une vue splendide sur la mer. Le petit déjeuner est à neuf heures. Vous entendrez le gong.

La chambre était glacée, les draps humides. Il se coucha habillé sous l'édredon, un cache-nez autour du cou. L'unique plafonnier ne permettant pas de lire, il éteignit après avoir ouvert les rideaux. Les lampadaires de la Promenade, comme un mauvais clair de lune, écrasaient sur le quai et les façades des maisons une nappe verdâtre et tremblante, baignant la chambre d'une lumière si glauque qu'Edouard se surprit à ouvrir la bouche comme un poisson dans son vivier... Enfin, il était à Westcliff, ayant bravé les remontrances plus ou moins sarcastiques de Ted, et s'il ne couchait pas dans son ancien lit de « Gypswick Guest House » il reposait dans une chambre qui rappelait la sienne un demi-siècle plus tôt. La question de ce demi-siècle, soulevée par Ted, devenait quelque peu obsédante. Y songeait-il auparavant? Non, pas vraiment! Mais en cherchant des repères, il mesurait mieux le chemin parcouru bien que le seul fait de se retrouver à Westcliff — dont il n'avait encore pratiquement rien revu — eût le singulier effet d'abattre des pans entiers de son existence pour le laisser face à face avec une aventure de jeunesse qu'il croyait oubliée et dont les détails, comiques ou poétiques, revenaient à la surface avec une étrange insistance. Ainsi de la seule fois où il l'avait fait pleurer...

A part Ted qui resta seulement un été, les pensionnaires de Mrs Walter habitaient la pension à l'année.

L'horrible Mr Sutton demeurerait jusqu'à l'achèvement du viaduc. Le Révérend Roberts attendait sans impatience qu'on lui attribuât une nouvelle cure, du moins à ce qu'il prétendait, de mauvaises langues avançant qu'il était suspendu pour s'être plus intéressé aux cas de conscience de ses jolies paroissiennes qu'aux autres bigotes défavorisées par la nature. Un jeune couple, Shane et Ruth, venu tout de suite après le mariage, attendait que la maison qu'ils s'apprêtaient à construire fût habitable. Shane, d'origine écossaise, se disait agent immobilier. Dans une Hillman toussoteuse, il parcourait la région du matin au soir et, souvent, restait absent deux ou trois jours. Ruth, son épouse, ne pratiquait pas d'autre sport que l'attente, le front collé à la vitre du salon à moins qu'elle ne lavât et ne brossât une masse inouïe de cheveux flamboyants. Quand elle les libérait, les laissant tomber sur ses épaules, elle était Marie-Madeleine s'apprêtant à laver les pieds du Christ, et quand elle les relevait en chignon elle dégageait un cou fragile d'oiseau duveté. Ted affectait de prononcer son nom avec un fort accent français : Ruth la Rousse, en un jeu de mots qui ne divertissait que son auteur, mais il trouvait plaisant que le nom de cette jeune femme aux lèvres toujours gercées, à la peau si sensible qu'au moindre rayon de soleil elle sortait en manches longues et bas de fil blanc, coiffée d'un chapeau de paille à larges bords et se protégeant avec une ombrelle grise doublée de vert, il trouvait plaisant qu'à condition de le prononcer mal, son nom rappelât la couleur de ses cheveux. Le Révérend Roberts, plus sûr de sa Bible que Ted, l'appelait aussi fille de Moab, épouse d'un Booz sinon endormi, du moins souvent absent. Il eût été préférable, peut-être, de la comparer à un voluptueux Renoir, à quelqu'une de ces belles matrones fauves déjà menacées d'adipose. De semaine en semaine, les absences de Shane se prolongeant, Ruth sombrait dans la neurasthénie. Ses yeux cernés s'embuaient de larmes quand elle entendait rire Sheila, Ted et Daphné, la petite sœur. Bon pasteur, Mr Roberts s'occupait de Ruth et l'emmenait promener le long de la plage et danser au casino de la jetée de Southend, mais il devenait clair que ces sorties ne suffisaient plus à consoler la jeune femme. Gênés d'être insolemment heureux devant une créature ausi délaissée, Sheila et Ted l'emmenèrent au music-hall de Southend où l'on donnait le soir une pantomime avec un récital d'orgue. Le spectacle approchait de sa fin quand Ted sentit contre sa jambe la chaleur de la jambe de Ruth et, sur sa cuisse, une main ferme et nerveuse aux ongles agressifs qui lui rentraient dans la chair à travers l'étoffe. Le soir même, alors qu'il s'endormait, sa porte s'ouvrit, une silhouette se faufila sans bruit dans la chambre et se glissa sous les draps. Pareille audace, jamais encore Sheila ne l'avait eue, mais quand une main se posa sur sa bouche pour lui intimer de se taire, Ted ne reconnut pas le parfum de son amie et, se saisissant du bras qui s'appuyait sur sa poitrine, il frôla une peau aussi rugueuse que si la visiteuse du soir frissonnait de froid ou de peur. Ruth se blottit contre lui, immobilisant ses bras, cachant son visage au creux de l'épaule offerte. Elle sanglotait. Elle sanglota encore longtemps, lui interdisant tout mouvement et quand elle s'arrêta enfin, elle se glissa hors du lit aussi silencieusement qu'elle y était entrée, et serait repartie sans un mot si Ted n'avait allumé pour la voir debout en longue chemise de lin bleu, cachant son visage dans ses mains : « Eteins ! Eteins ! » supplia-t-elle. Mais, pris d'une audace mâle et dévoré de curiosité juvénile, il souleva la chemise sans qu'elle cherchât à l'en empêcher. Ce qu'il vit ne présentait aucune des grâces secrètes de Sheila : de gros genoux rosis, des cuisses fortes, un ventre trop bombé et une toison indécemment ardente. Laissant retomber la chemise, il éteignit et tourna le dos. A peine entendit-il fermer la porte.

Il est probable que personne n'en aurait rien su et

que, le lendemain matin, Ruth et Ted auraient à peine échangé un regard par-dessus les tables du petit déjeuner si, dans la nuit, travaillé par sa libido et ayant frappé en vain à la porte de Ruth, l'horrible Mr Sutton ne s'était posté sur le palier jusqu'à ce qu'elle quittât la chambre du Français honni, glissant pieds nus sur la moquette comme un tremblotant ectoplasme bleu.

L'horrible Mr Sutton avisa Mrs Walter. Par hasard... étant sorti pour satisfaire un besoin naturel, il avait aperçu... il ne jurait pas que ce fût Ruth... mais enfin ça lui ressemblait bien... à deux heures du matin... et elle paraissait venir de la chambre de Ted... mais il pouvait se tromper... la nuit tous les chats sont gris... Ces doutes hypocrites ne dupèrent pas Mrs Walter. Ted le suborneur convoqué au salon fut prié de boucler sa valise et de quitter la pension sur-le-champ. La colère empourprait cette excellente femme et il lui vint quelques généralités sur le cynisme et la légèreté des Français. En vérité, il était évident que Mrs Walter, blessée dans son amour-propre de mère plus que dans son sens des convenances, en voulait à Ted de tromper sa fille. En caressant Ruth — ce dont il se défendait, mais mal car qui l'eût cru ? —, il trompait aussi la petite Daphné et son chat, le Révérend Roberts si aimable à son égard, Mary la femme de chambre et d'une façon générale la pension entière qui lui faisait ingénument confiance. La diatribe laissait cependant percer une équivoque : la mère indignée défendait-elle la morale ou défendait-elle sa fille qui, exclue du salon, pleurait dans sa chambre ? Toujours prêt à saisir sa chance au vol, Mr Sutton offrit à Sheila de l'emmener à Londres passer la journée. Elle monta dans la M.G. qui ne démarrait pas discrètement. De la fenêtre, Mrs Walter les appela en vain.

— Eh bien, dit Ted, j'espère que vous comprenez. Vous avez gagné. A me condamner sans me croire, vous causez une peine immense à Sheila et elle se venge à sa façon. Pourquoi n'interrogez-vous pas Ruth ?

Ruth confirma tout dans un torrent de larmes et même alla plus loin en racontant, sans avoir peur des mots, que si son mari avait des exigences, il n'avait pas encore eu la curiosité d'user d'elle. Comme elle entrait dans les détails, on lui enjoignit de se taire. Tout s'expliquait donc !

Mrs Walter ne pensa plus qu'à l'enlèvement de sa fille, se tordit les mains, commanda un grand verre de brandy à Mary et supplia Ted d'oublier sa semonce. Le Révérend Roberts offrit son aide. Il parlait souvent avec Mr Sutton qui vantait la cuisine d'un restaurant de Basildon, à mi-chemin de Londres. Gourmand comme il était, il ne manquerait pas de s'y arrêter pour gaver Sheila et peut-être la pousser à boire. Il n'y avait pas une minute à perdre. Le Révérend les emmena dans sa Morris et Sheila fut retrouvée avant que l'horrible Mr Sutton n'ait eu le temps de la consommer. Logiquement, Mrs Walter aurait dû signifier son congé à l'ingénieur, mais il avait payé trois mois d'avance et les finances de « Gypswick » ne permettaient pas de joli coup de menton. Mr Sutton resta, honteux un moment, rasant les murs, puis reprenant du poil de la bête, insolent et médisant. Il fallait compter avec lui...

Dans sa chambre mansardée, Edouard gelait. Ouvrant au hasard un tiroir, il eut la chance de mettre la main sur une couverture dont il s'enveloppa avant de s'enrober dans l'édredon. Il ferma les yeux, assez heureux somme toute, d'avoir retrouvé dans le fourre-tout de la mémoire, cette Ruth la Rousse qui, habillée, montrait de la grâce et, déshabillée, n'était plus qu'une fille de ferme aux cuisses râpeuses, aux pieds médiocrement propres, à la peau hérissée par une chair de poule continuelle. Il était comique de penser que cinquante ans après, Ruth la Rousse revenait remplir de son odeur sauvage la chambre glaciale et glauque de Mrs Trump. En fouillant plus en arrière encore dans sa mémoire, Edouard risquait de retrouver des personnages aussi peu enthousiasmants que la pauvre Ruth. Elle avait eu son utilité en faisant comprendre à Ted et à Sheila que leur liaison restait fragile et qu'ils se devaient l'un à l'autre un meilleur respect.

Edouard ne voulait pas que des tiers brouillent ses souvenirs, il voulait Sheila seulement et reconstruire leur vie d'alors dans des détails qui lui échappaient ou qui, au fur et à mesure que le sommeil le gagnait, perdaient leur réalité. Etait-ce déjà le rêve ou encore la réalité que l'arrivée brusque de son amie dans une chambre ensoleillée, la fenêtre grande ouverte sur la mer ? Elle portait une jolie robe de percale à fleurs rouge et bleu et marchait pieds nus. Un ruban noir enserrait ses cheveux et barrait son front comme elle l'avait vu sur une photo de la mère de Ted. Jugeant que cela lui allait mal, il l'avait priée de l'enlever, ce qu'elle fit avec une mauvaise humeur évidente. Pour se venger, elle ouvrit la valise d'Edouard et jeta son linge par la fenêtre si habilement que les goélands avertis par les cris de l'un d'eux, les happèrent au passage et disparurent avec une chemise, un caleçon, une chaussette. Sheila trouvait cela irrésistible et riait aux éclats. Quand il n'y eut plus rien dans la valise, elle défit sa ceinture, passa sa robe de percale par-dessus sa tête et la lança aux goélands. Il ne lui restait plus qu'une culotte qu'elle eut à peine le temps d'ôter et de brandir. Déjà un goéland s'en emparait et décrivait des spirales ascendantes qui le conduisirent dans les nuages où il s'évanouit. Sheila nue, se laissa tomber dans le lit d'Edouard et le rejoignit dans son sommeil, blottie contre lui.

Edouard sommeillait quand retentit le gong. Depuis un moment il essayait de refuser la lumière du jour et de rattraper son rêve qui se dissolvait et n'aurait même pas laissé de trace s'il n'avait eu quelque vérité. Un matin, en effet, pour le réveiller, Sheila, entrée en coup de vent dans sa chambre, avait vidé par la fenêtre un des tiroirs de la commode. Le gong de la pension Trump remettait les choses en place. Perclus de sa nuit glacée, Edouard se leva sans entrain. Le soleil caressait la façade de la maison et tiédissait les vitres embuées qui ruisselaient. L'eau froide le réveilla, mais quand il en but une gorgée pour avaler un comprimé de vitamines, une vive douleur lui apprit qu'une angine vagabonde, profitant de l'humidité de la chambre, revenait le harceler. Rasé, coiffé, il se regarda sans pitié dans l'armoire à glace : pantalon en tire-bouchon, veste fripée, col de chemise corné, vraiment il n'avait, selon une expression de Ted qui le rappelait à l'ordre, rien du fringant sexagénaire parti la veille de Paris pour retrouver les traces d'amours anciennes et de quelques incomparables moments de sa vie.

« Comme vous voilà fagoté ! dit Ted en réponse à l'image réfléchie par le miroir. Vous devriez mettre un autre pantalon. Il y en a un dans votre sac de voyage. Confiez cet accordéon à Mrs Trump qui le fera repasser. Votre cravate est trop serrée, c'est pour ça que votre col rebique. Tirez sur les basques de votre veste qui bâille. Naturellement, vous vous êtes coupé en vous rasant. Mettez du coton à l'endroit où vous saignez sinon vous salirez votre chemise. Quant à la gorge, je suis sûr que vous avez emporté des pastilles de menthe... Prenez-en deux avant le petit déjeuner et buvez votre thé avec du miel. Faut-il tout vous dire et veiller sur vous comme sur un grand enfant ? »

Edouard obéit et descendit au second coup de gong. La salle du petit déjeuner sentait le beurre et le bacon frit. Les tables étaient joliment arrangées, chacune avec un œillet rouge ou blanc dans une flûte, une brillante argenterie, du linge empesé. Mrs

Trump apportait elle-même du thé et du café, des toasts chauds dans une serviette.

— Deux œufs ? demanda-t-elle. Du bacon, des saucisses ?

Non, rien, il ne voulait rien que du miel dans son thé pour calmer sa gorge en feu.

— Et quand pourrai-je voir votre mère ?

Mrs Trump gloussa. Sa mère habitait l'Australie depuis la guerre. Elle-même avait vécu à Sydney avant d'épouser un Anglais, Archie Trump, mort depuis deux ans dans un accident d'auto. Elle se pencha pour regarder par la fenêtre comme s'il était encore temps d'embarquer avec le regretté pour mourir en sa compagnie dans le trajet entre la maison et le laboratoire où il travaillait.

— J'ai dû transformer ma maison en pension, dit-elle. Au début, une catastrophe ! Je n'avais jamais rien fait de ma vie que jouer au tennis et au bridge...

Elle soupira et marqua un temps, espérant peut-être une protestation de son hôte qui tournait la cuiller dans son thé pour que fonde le miel, mais il se taisait, l'écoutant à peine et suivant le fil de ses propres pensées. Comment joindre cette dame ? Et pour quelle déception ? Pour apprendre qu'elle connaissait bien une Leila Walter, mais pas de Sheila Walter ?

— Si vous tenez vraiment à savoir quelque chose, téléphonez-lui, dit Mrs Trump conciliante. A cette heure-ci elle est sûrement chez elle.

Il doutait d'avoir envie de parler à une lointaine personne dont il ignorait le visage.

— Le chauffeur de taxi a prétendu que vous avez une très jolie fille, murmura-t-il sur un ton de reproche comme si, après l'avoir attiré dans cette pension plutôt que dans une autre, on lui cachait la raison de son choix.

— Joe vous a dit ça! Il est bien indulgent... Caroline étudie la danse à Londres. Elle est là en ce moment à cause d'une épidémie de grippe à son cours, mais elle ne tient pas en place. Elle est déjà partie jouer au tennis.

— C'est dommage, dit Edouard.

— Qu'est-ce qui est dommage?

— Oh, rien je pensais à autre chose et ma voix s'enroue. Dans une heure je serai inintelligible.

Le thé lui brûla douloureusement la gorge.

— Je suis votre seul pensionnaire? demanda-t-il.

— Non, il y a Mr et Mrs Bert qui descendent plus tard. Et naturellement le Révérend Baker. D'ailleurs, le voici.

— Existerait-il un Révérend dans chaque pension anglaise?

— Je ne vous comprends pas !

D'un geste, il éluda l'explication, d'autant que le Révérend Baker entrait dans la salle à manger, l'air affairé, ne saluant personne.

— Le matin, il n'entend rien. Il ne met son appareil qu'à déjeuner, dit Mrs Trump.

Edouard déchira une feuille de son semainier sur laquelle il écrivit : « Avez-vous connu le Révérend Roberts qui habitait Westcliff vers les années 36, 37 ? » Baker lut la note, fronça ses épais sourcils blancs et répondit d'une voix extraordinairement caverneuse comme si, venue de fort loin, elle n'atteindrait Edouard que grâce à une série quasi miraculeuse d'échos :

— Je l'ai bien connu. Il a quitté son ministère pour épouser une danseuse. Ils vivaient à Blackpool et s'exhibaient sur scène dans des numéros de danse anglaise. Il est mort il y a vingt ans. J'ai reçu un faire-part. Je l'ai gardé. Je garde tous les faire-part. C'est très intéressant. On sait où on en est et on ne s'illusionne plus. Il faut y passer, comme tout le monde, y compris vous, cher monsieur.

Ayant lâché ce chapelet de percutantes nouvelles, le Révérend, serviette au cou, plongea dans son bol de flocons d'avoine. Edouard, étouffant un rire, se leva, les jambes flageolantes. Il porta la main à son front glacé et pâlit si soudainement que Mrs Trump le saisit par le bras et le contraignit à se rasseoir.

— Quelque chose ne va pas ?

Il ne souhaitait qu'un cachet d'aspirine. Mrs Trump réapparut avec un verre d'eau où fondait la capsule effervescente.

— Je suis désolé, dit-il.

— Je compatis, murmura Mrs Trump. Ce Révérend Roberts était de vos amis ?

— Je disais seulement que j'étais désolé d'être malade.

Ne comprenant pas, elle passa outre :

— Le Révérend Baker a son franc-parler, surtout depuis qu'il n'entend plus rien de ce qu'on lui répond. Vous sentez-vous mieux ?

— Beaucoup mieux. Pourrais-je téléphoner à votre mère ?

Mrs Trump le conduisit dans le cagibi où elle tenait les comptes de la pension avec certainement plus de méticulosité que la chère Mrs Walter. La fenêtre aux vitraux polychromes posait de vomitives taches de couleur sur le bureau d'ébène et les photos accrochées au mur. Un crêpe barrait l'angle du portrait de Mr Trump en blouse devant un alambic et des éprouvettes. L'enfant blonde qui accourait en riant devant l'objectif devait être Caroline à cinq ou six ans. On la revoyait plus tard, en tutu, sur les planches d'une scène avec des camarades de son âge.

— Avant de lui parler, j'aimerais connaître le visage de votre mère, dit-il.

Mrs Trump désigna une femme déjà mûre, en jupe-culotte sur une pelouse de golf, appuyée des deux mains à un club. L'air résigné, elle attendait qu'un partenaire maladroit jouât son coup. Tout à fait le portrait de sa fille, comprimant une opulente poitrine dans un corsage guindé, les bras nus, des bras d'homme.

— Vous connaissez les codes? dit Mrs Trump comme s'il s'agissait de la chose la plus naturelle du monde.

— Je n'ai de ma vie téléphoné en Australie. Et comment se nomme votre mère?

Elle écrivit la série des chiffres et un nom : Doris Vernon.

Il s'attendait à une voix chevrotante et reçut, au contraire, le choc d'une voix ferme et claire comme si sa correspondante voisinait bien que la transmission du satellite donnât l'impression que l'interlocutrice pesait ses mots avant de répondre.

— Ah! Vous êtes Français! dit Mrs Vernon. Comme c'est intéressant!

Mon Dieu, quel intérêt, dans son désert, voyait-elle à la qualité de Français d'un inconnu ? Savait-elle même où se trouvait la France des antipodes ? Ou était-ce encore dans son inconscient, l'image d'un pays qui chantait *Au clair de la lune* ?

— J'ai connu, disait-elle, des Français dans ma jeunesse !

S'il ne l'interrompait pas, elle raconterait sa vie, mais non, heureusement, elle suivit son idée :

— J'ai eu une amie très amoureuse d'un Français. C'était avant 1940, à Westcliff... Vous n'étiez pas né.

— J'étais né, crut-il bon de rectifier.

— La guerre a interrompu leur histoire. Elle n'a pas eu de nouvelles de lui et elle a fini par se marier.

Edouard posa le récepteur et s'épongea le front en sueur. A quoi bon continuer ? Il ne s'agissait pas de Sheila puisqu'elle s'était mariée deux ans avant la déclaration de guerre. Il reprit l'écouteur pour remercier Mrs Vernon qui continuait sans entendre ses protestations :

— ... une ravissante blonde cendrée, aux longues jambes...

Le cœur d'Edouard battit trop fort et il dut enfoncer ses ongles dans sa paume pour se calmer. Son nom vite... qu'elle dise un nom, n'importe lequel, mais qui le tirât de l'incertitude. Serait-ce Sheila par hasard ?

— Depuis mon accident, j'ai beaucoup perdu la mémoire des noms, dit Mrs Vernon. Mais je crois que vous avez raison : elle s'appelle Leila, et ce jeune Français amoureux d'elle portait un diminutif amusant, plus anglais que français.

Edouard lui coupa la parole :

— On lui disait Ted, si je ne me trompe.

— Oui, c'est exactement ça... Fred. Sans doute pour Frederic ou Alfred.

— A moins, dit-il ulcéré, que ce soit le diminutif d'Edouard.

— Naturellement... tout est possible.

Une baisse de tension sur la ligne éloigna la voix de Mrs Vernon qui sembla se retirer dans son désert australien. Il lança quelques mots pour rester près d'elle un instant encore, mais bientôt la tonalité brouilla toute conversation. Des ordinateurs sans âme coupaient la ligne. Il raccrocha.

— Ma mère a-t-elle pu vous aider? demanda Mrs Trump.

— Je crains qu'il y ait confusion.

— L'an dernier, elle a eu une petite attaque. Elle traîne encore la jambe et, parfois, sa mémoire lui joue des tours.

— Vous essayez de me rassurer?

— Non, mais de vous expliquer pourquoi vous

risquez une déception. Vous devriez rester au chaud toute la journée et reprendre vos recherches quand vous irez mieux. Je connais une vieille dame née à Westcliff et qui a toujours habité la même maison près de celle de vos amis. Je l'interrogerai si elle n'est pas à Londres chez sa fille.

Une vieille dame! Il ne voulait pas d'une vieille dame, il voulait Sheila à dix-huit ans dans sa radieuse et ingénue beauté, courant sur la plage pour se jeter dans l'eau, mordant une pomme, allumant une cigarette, dansant un tango avec le Révérend Roberts.

— Je vais marcher le long de la Promenade. Le grand air marin balaie les microbes. Ce serait par trop lâche de croire que tout est perdu.

— Comment donc! Vous n'avez qu'une grippe.

C'était, en effet, à peine un double accès de fièvre : un virus invisible à l'œil nu d'une part, et d'autre part le fantôme obsédant d'un amour perdu, tout aussi invisible.

L'air froid chargé d'effluves marins lui pinça les narines. Il emplit ses poumons plusieurs fois et se sentit aussitôt mieux bien que l'angine fût là, douloureusement présente chaque fois qu'il déglutissait sa salive... Les goélands se groupaient en bandes sur le sable et les graviers laissés à découvert par la marée basse. Edouard ne s'y retrouvait plus très bien. La pension de Mrs Walter était-elle à droite ou à gauche ? Fallait-il remonter l'estuaire ou aller vers Southend. Il opta pour la droite et aperçut bientôt le cul-de-sac qui fermait la Promenade.

« Voyons, dit Ted enfin retrouvé, voyons... est-ce bien raisonnable ? Vous courez après une chimère et vous refusez l'idée que si, par une chance sur cinquante millions, vous retrouvez Sheila, elle sera une vieille dame. Cette imprudence risque d'être fatale au tendre souvenir de votre jeunesse. Ou espérez-vous une élégante veuve, ses cheveux blancs frisés par une de ces permanentes comme seuls savent en réussir les merlans anglais, joueuse de bridge, lisant des romans de Barbara Cartland ? — Là, je t'arrête, dit Edouard. Je ne me souviens pas que Sheila ait ouvert un livre devant moi. Elle a pu changer, mais ça m'étonnerait. J'ai voulu lui faire aimer Conrad mais elle m'a ri au nez. J'ai tout juste réussi à ce qu'elle goûte la poésie de T. S. Eliot. — Mettez-vous à sa place : au collège, on ne l'avait initiée qu'à une poésie campagnarde, celle de Wordsworth, la pire, celle de Browning, la plus naïve où on lui parlait toujours de jonquilles, de nuages roses et de jolis ruisseaux. Vous, avec vos gros sabots, sans préparation aucune vous lui lisiez *Mercredi des Cendres*, le poème qui commence par ces vers que vous n'avez jamais oubliés :

Lady of silences
Calm and distressed
Torn and most whole
Rose of memory
Rose of forgetfulness
Exhausted and life giving
Worried reposeful
The single rose
Is now the Garden
Where all love ends.

— J'aurais dû l'initier plus lentement. — Elle s'inquiétait parce que Eliot invoquait la Vierge Marie et que son éducation baptiste refusait cette image. — Guide-moi plutôt, dit Edouard agacé, je ne retrouve pas la maison. Aurait-elle été détruite ? — Elle n'est pas détruite, mais elle est deux rues plus loin. Vous ne vous souvenez même pas du nom de cette rue ! — Attends... Voyons... pourtant il est sur le bout de ma langue ! — Vous ne vous en souvenez pas : c'est Leas Gardens. — Peut-être. Je voudrais m'asseoir un instant sur l'un de ces bancs. — Non, en face de la maison, il y a un banc et vous savez très bien que vous vous êtes assis là, un autre matin de novembre, tournant le dos à la mer et contemplant l'agitation dans la maison de Mrs Walter. Retournons à ce banc. »

Ted avait raison. Edouard reconnut la maison bien que l'enseigne de « Gypswich Guest House » ne se balançât plus au vent et que le jardin autrefois négligé fût maintenant clôturé pour protéger une corbeille de roses rouges, les dernières de cet automne finissant. L'araucaria était devenu un grand arbre. Au deuxième étage, la porte-fenêtre du balcon grande ouverte laissait voir le plafond mansardé, un affreux lustre chinois en papier rose. Edouard crut défaillir. A coups sourds, le sang battait ses tempes. Sa vue se brouilla et, un instant, il pensa ne plus jamais pouvoir avaler sa salive tant le brûlait le point dans sa gorge enflammée. Il réveillait un affreux chagrin dont il avait été l'apprenti sorcier par la force des choses et peut-être aussi par légèreté. Affreux, mais précieux chagrin, longtemps couvé comme une noble blessure reçue au combat de l'amour, oublié aux heures de succès, ressassé dans les défaites et, peu à peu, atténué au point qu'Edouard aurait pu le croire effacé sans la découverte de la photo écaillée prise sur la terrasse même de cette maison qui ouvrait ses fenêtres à une journée de soleil. Au balcon du deuxième étage, il s'accoudait autrefois pour regarder la mer et l'estuaire, la plage avec ses pudiques baigneurs en maillot une pièce, la Promenade où, l'après-midi, passait le marchand de glaces italien : « Gelati ! Gelati ! », poussant son triporteur. Il l'appelait d'en haut, en italien : « *Peppino, tre gelati per favore e presto, mascalzone mio !* » Peppino riait aux éclats sous sa grande moustache de barbare, préparait trois cornets que la petite Daphné, déjà alertée, allait chercher pour les rapporter à Sheila et à Ted, le troisième étant le prix de sa commission. Plaisir trouble que de voir les deux sœurs lécher leur cornet de glace, mais comment l'expliquer à Sheila ? Plus tard, quand serait passé le temps des enfantillages, oui, plus tard... ils avaient des années de bonheur devant eux et une mère économe de sa fille leur apprenait à respecter le tempo des privautés. Dans la chambre du haut Sheila se glissait les après-midi quand il travaillait à son lexique ou à la traduction de quelque poème. Se gardant de bouger, il restait assis à sa table devant le balcon. Des doigts frais se posaient sur ses yeux pour l'aveugler et lui renverser la tête en arrière. Une langue rose effleurait ses lèvres, la tête revenait à sa place, les doigts s'écartaient, des pieds nus dansaient sur le parquet craquant, une porte se refermait et il se retrouvait seul devant la baie ouverte sur les eaux jaunes de l'estuaire. A l'heure du thé, il la rejoignait dans le salon :

— As-tu bien travaillé ? Personne ne t'a dérangé ?

— J'ai bien travaillé. Je n'ai pas souvenir d'avoir été dérangé.

— Vraiment ? Personne n'est venu ?

— Ah, si, peut-être... Ruth la Rousse. Elle veut savoir ce que signifie exactement *french kiss*. Je n'ai pas su expliquer. Il a fallu que je dirige une séance de travaux pratiques.

Ou s'il était avec Mrs Walter et le Révérend Roberts, il accusait l'horrible Mr Sutton de ronfler pendant la sieste et de l'empêcher de travailler.

— Mr Sutton n'est jamais là les après-midi. Il construit son viaduc.

— C'est ce qu'il prétend. En réalité, il gare sa voiture deux rues plus loin et revient dans sa chambre par la porte de service. Là, il dort. Il dort d'ailleurs beaucoup trop ce qui lui vaut ce visage congestionné dès qu'il te voit passer en maillot de bain. Pauvre homme, il mourra d'apoplexie s'il te rencontre sur le palier en chemise de nuit ou s'il entre par mégarde dans la salle de bains pendant que tu te savonnes debout dans la baignoire comme tu aimes le faire.

— C'est arrivé une fois : il ne recommencera pas et s'il ronfle au point de te déranger dans ton travail, c'est que tu as eu la méchante idée de lui casser le nez pour une vétille...

Une jeune femme d'ébène, en blouse de cotonnade à fleurs, coiffée d'un madras, apparut au balcon de l'ancienne pension. Munie d'une tapette elle épousseta furieusement une descente de lit avant de regagner la chambre. Peu après, elle apparut de nouveau, sa tapette à la main, s'accouda et alluma une cigarette. Elle restait si immobile qu'on eût dit d'une statue de bronze peint, d'une figure de proue bariolée face à la mer, de quelque idole rapportée d'un lointain voyage par un capitaine au long cours, impression qui se confirma quand la baie du rez-de-chaussée s'ouvrit et qu'Edouard aperçut, depuis son banc, une collection de demi-coques accrochés au mur. Le marin des Player's allait-il apparaître sur le seuil, sa bouffarde entre les dents, selon l'image des paquets de cigarette? Non. Il n'y eut qu'un petit homme en pantalon gris et cardigan beige qui se montra brièvement et, après un regard à la mer, rentra aussitôt en haussant les épaules...

Un jour, Ted, descendant de sa chambre, avait manqué buter contre un même petit homme en pantalon gris et cardigan beige qui reclouait le tapis de l'escalier.

— Mon mari, dit Mrs Walter. Il vient quelquefois passer le week-end s'il y a quelque chose à bricoler dans la maison.

Que cette personne à fort tempérament, menant sa maisonnée à la baguette, capable de buter sa bouteille de cognac dans la soirée, fumant quarante cigarettes par jour, ait eu pour mari un mâle aussi chétif et timide, nourri de lait et de légumes à l'eau, paraissait déjà peu vraisemblable, mais qu'il fût aussi le père de Sheila et de la petite Daphné laissait incrédule. C'est à peine si pendant cet unique et bref séjour de l'été, il prononça deux mots. Ted eut cependant l'occasion de l'approcher dans l'après-midi du dimanche. Entrant dans le salon pour y chercher un briquet oublié sur le manteau de la cheminée, il aperçut avec un rien de répugnance, posé au creux d'un mouchoir déplié, un dentier de gencives rouges et de dents jaunes, et c'est seulement après qu'il entendit un grondement nasal : Mr Walter somnolait dans un fauteuil face à la baie, les mains à plat sur un journal ouvert entre ses genoux écartés. Il offrait à la lumière un visage fatigué mais presque sans rides, sauf autour de la bouche amincie par l'absence de l'appareil dentaire, où des fissures verticales entouraient les lèvres. Même si l'on oubliait cette absence il manquait encore quelque chose à ce visage plutôt serein : des cils. Les paupières se fermaient sur un bourrelet de chair rose et nue et on les eût crues scellées par quelque cire malsaine. A part ce détail qui troublait un esprit trop observateur et gênait comme la découverte d'un honteux secret physique, Mr Walter au repos, le visage parcouru de légers tics qui fronçaient la base de son nez, avait dû être assez beau avec des cheveux d'un gris soyeux plantés dru sur le front droit, un nez fin, une fossette à la pointe du menton (que l'on retrouvait chez Daphné) et un teint de jeune homme malgré l'âge. Ted serait resté des heures à interroger ce visage s'il n'avait craint un brusque réveil qui l'eût convaincu d'indiscrétion, ou l'entrée inopinée de Mrs Walter qui n'aimait plus cet homme et lui arrachait l'amour, la tendresse et le respect que ses filles lui auraient peut-être porté si leur mère n'y veillait. Dans la maison où cet homme venait sans illusions, il restait bien plus un étranger que Ted et le Révérend Roberts ou même l'horrible Mr Sutton. Personne n'avait prévenu de son arrivée, pas un mot ne suivit sa disparition, et si on interrogeait Mrs Walter — ce que Ted eut le culot de faire — elle répondait sans vergogne.

— Nous ne nous entendons pas bien.

Ce qui voulait dire qu'elle ne s'entendait pas avec lui et qu'il avait donc tort. Sheila n'eut pas un mot à ce sujet. Sans doute rejetait-elle son père depuis longtemps déjà de son univers. L'amour qu'elle découvrait avec vertige l'enfermait dans une citadelle où, à part Ted, seule Mrs Walter pénétrait et encore le plus souvent par effraction pour supplier sa fille de ne pas tout donner à ce garçon dont elle pressentait, avec son intuition de mère et son expérience de femme, qu'il partirait et abandonnerait l'aimée à son chagrin et à une vie sans horizon.

Sur la terrasse du deuxième étage la négresse se redressa, aspira une dernière fois une bouffée de sa cigarette dont elle jeta le mégot dans le jardin. Comme s'il n'avait attendu que cela, le petit homme en gris, si semblable à Mr Walter, sortit en trombe, ramassa le mégot et injuria la négresse qui, pour toute réponse, agita sa tapette par-dessus la rampe du balcon.

« Si, dit Edouard à Ted, Mr Walter n'a pas changé en près de cinquante ans, alors Sheila est également la même et tes précédentes objections ne valent rien. — Mes objections sont encore plus valables, mon cher ! Imaginons un instant que, grâce à quelque rayon magique, Westcliff ait été congelé et conservé dans un parfait état depuis notre absence, imaginons que Sheila ouvre sa fenêtre et nous apparaisse dans l'éclat radieux de sa jeunesse, croyez-vous une seconde qu'elle prêtera attention à un sexagénaire frileusement emmitouflé dans un pardessus en vigogne et un cache-nez écossais, la voix éraillée parce qu'une angine s'est déclarée ce matin ? La jeune beauté que vous séduisiez à dix-sept ans ne vous accorderait même pas un regard. Ce sont vos jeunesses qui s'attiraient et se complétaient. Vous aimiez ouvrir son corsage, caresser ses seins d'adolescente et en baiser l'aréole rose bonbon. Elle aimait se blottir contre votre poitrine nue, écouter votre souffle, les battements de votre cœur, mordiller votre peau qui avait goût de sel après le bain. — Hélas, tu as raison ! Je rêvais. Les rêves se moquent de la logique et du temps qui passe. Que ne donnerais-je pas pour qu'elle apparaisse soudain telle que je l'ai connue ! Cela doit être possible au pays d'H. G. Wells qui a inventé la machine à remonter les siècles. J'irais jusqu'à l'habiller à la mode d'aujourd'hui : une minijupe pour ses belles jambes nues ; un T-shirt collant pour souligner la grâce de sa poitrine en liberté ; un ruban d'Indienne pour son front ; des bijoux de pacotille qu'elle jetterait après les avoir portés une fois, bagues, bracelets, médailles de bohémienne. J'ai le droit d'imaginer tout cela et que, soudain, elle se montre au balcon comme je viens de la parer, à la fois méconnaissable et reconnaissable entre toutes. Bien sûr, ce ne serait pas même sa fille, ce serait, au mieux, sa petite-fille. — La jeune beauté que vous séduisiez à dix-sept ans, rêvait elle aussi, dit Ted, et par une heureuse conjonction de hasards, vous incarniez son rêve encore puéril. »

Manquent Peppino, le marchand de glaces, les ménestrels, les baigneurs, le comptoir ambulant avec ses saucisses chaudes et ses pommes frites servies dans un cornet de carton. Pourquoi la petite Daphné ne danse-t-elle pas sur la terrasse du jardin, bras levés, sur les pointes, sa jupe écossaise volant autour de sa mince taille et de ses longues jambes déjà musclées ? Soixante ans, elle aussi, dieux du Ciel ! Elle ne danse plus, elle enseigne de jeunes ballerines et, avec sa canne, sur le plancher lisse de la salle de répétition, elle scande la leçon. Elle est sévère avec les enfants comme elle l'était déjà avec sa grande sœur quand elle la surprenait bouche à bouche avec Ted, ou avec sa mère quand celle-ci se servait un cognac en catimini. Son chat est mort, mais elle en a eu une collection d'autres.

Des cyclistes passaient : deux vieilles dames, chacune avec un panier devant le guidon. Dans l'un des paniers un fox-terrier regardait sa maîtresse, dans l'autre un teckel scrutait la chaussée.

« Elles ont l'âge qu'il faut, dit Ted. Pourquoi ne leur demandez-vous rien ? — Je m'interroge : ne vaut-il pas mieux ignorer ? — C'est bien ce que je vous répétais quand vous avez décidé de partir... — J'ai éprouvé le besoin urgent de revoir ce décor pour me persuader que je n'imaginais pas cette histoire... j'ai encore du mal à croire que je suis ici, que tout est vrai. »

Deux autres silhouettes matinales le tirèrent de son doute. Marchant d'un bon pas en bordure de mer, un couple venait vers lui : une dame en tailleur bois de rose, coiffée d'une sorte de bicorne noir à la voilette relevée, en léger déséquilibre sur sa tête frisée, et, nonchalant, mais la tenant par le bras un grand gaillard à la chevelure frisottée qu'Edouard reconnut aussitôt pour le bohème du bateau et du train. La petite dame parlait en agitant une main gantée de filoselle. Ses doigts dessinaient des signes dans les airs comme on fait pour parler avec un sourd-muet, et il hochait la tête, n'écoutant sans doute pas un mot de ce qu'elle racontait, tournant sans cesse les yeux vers le large d'où il venait et où il retournerait jusqu'à la fin probablement tragique de son errance. Passant devant le banc, il eut pour Edouard un sourire résigné, presque complice. Oui, ils s'étaient vus la veille sur le bateau, dans le train, sur le quai de Charing Cross, devant le guichet des billets. Cet équipage dépareillé marchait d'un bon pas sans que cessât de parler la dame, sans doute la mère ou une tante auprès de qui il venait se reposer ou emprunter de l'argent avant de repartir...

« Vous avez enfin rencontré quelqu'un de connaissance ! dit Ted. Cela devrait suffire à vous rassurer.
— Pas du tout ! Rien, au contraire, ne me déséquilibre plus. J'étais à cinquante ans d'ici et cet imbécile avec ses cheveux frisottés, ses tatouages de marlou me ramène sans parachute au présent. — Prenez un miroir et regardez-vous dans les yeux. Vous saurez tout de suite à quelle époque de votre vie vous êtes.
— Oh assez, assez ! Me l'as-tu répété que mon enveloppe craque de toutes parts, que je prends du

bide, que mes dents se déchaussent, que je perds mes derniers cheveux, que je ne lis plus sans lunettes ! Je le sais ! Je le sais ! Je suis aux premières loges pour en être informé et j'ajouterai même que l'angine carabinée, qui se prépare au fond de ma gorge, me laissera aphone demain si je ne la matraque pas dès ce soir. Mrs Trump aura-t-elle pour moi les attentions qu'eut Mrs Walter le jour où ayant mangé trop vite une glace de Peppino après trois sets de tennis, j'ai eu quarante de fièvre ? Je vois encore sa tête quand, empruntant le thermomètre, j'allais me le glisser dans le derrière, à la française, sans pudeur ! Horreur, c'était le thermomètre à bouche de la famille. J'en avais des choses à apprendre : qu'on grignote du fromage après le dessert ; qu'on mange sa soupe par le travers de la cuiller ; qu'on aligne son couteau et sa fourchette dans l'assiette pour signifier qu'on ne veut plus rien, et que d'ailleurs les plats ne repassent pas ; que le porto circule de droite à gauche et qu'on se sert à la ronde sans se soucier des dames ; que ces mêmes dames vont se poudrer après le dîner pour que les hommes restent à table et se racontent des histoires lestes ; mille petites règles de savoir-vivre qui, lorsque je les appliquais dix, vingt, trente ans plus tard, me rappelaient la bienveillance de Mrs Walter et son indulgence quand les harengs frits et la marmelade d'orange du petit déjeuner se déclaraient la guerre dans mon estomac prétentieux de petit Français. Je précise que j'eus le temps de me lever précipitamment pour dégueuler dans le jardin. Eh bien, elle raisonnait juste : comme on se guérit du mal de mer, je me suis guéri, à la fin du séjour, de ce mélange dément, du rosbif à la confiture, des choux de Bruxelles, des insipides brocolis, du carton mâché des yorkshire puddings, des gelées à goût de pharmacie ; et même — ô honte ! — je crois bien y avoir pris goût. Vois à quelles extrémités l'amour conduit. »

Pour la troisième fois, le petit homme en gris et beige pointa ses jumelles vers Edouard. Lisait-il sur les lèvres à la manière des espions soviétiques ? Posant les jumelles sur un guéridon, il boutonna son cardigan, traversa la Promenade, et, foulant sans hésitation le gazon interdit, franchit la plate-bande pour se diriger vers Edouard d'un pas décidé quoique claudicant. Edouard eut le temps de se demander si l'épaule droite de cet individu manifestement coléreux était plus basse que la gauche ce qui aurait expliqué son irascibilité ou si, au contraire, selon les théories du professeur Lemieux, le caractère avait influencé le physique et déclenché cette déplaisante infirmité. L'homme se planta devant le banc, mains retournées sur les hanches, jambes écartées. Son visage aurait été tout à fait ordinaire si des sourcils grisonnants énormes, avec de longs poils agressifs dans tous les sens ne le barraient presque d'une tempe à l'autre comme s'ils venaient d'être collés par un maquilleur de théâtre sur le masque de Matamore.

— Vous comprenez ce que je viens de vous dire ?

— Vous venez de me dire quelque chose ? répondit Edouard tout à fait sincère et soudain conscient que les sourcils monstrueux de l'homme au cardigan le distrayaient au point qu'il n'écoutait rien.

— Inutile de rester ici à espionner Zenaïde. Elle ne sortira pas de la journée et ce soir je la bouclerai dans sa chambre.

— Zenaïde serait-elle la personne au madras qui jette sa cigarette dans votre jardin ?

— Oui, et son odeur rend fou. Vous n'êtes pas sa première victime.

Edouard réprima difficilement un fou rire et se leva. Il mesurait bien une tête de plus que son interlocuteur qui eut un mouvement de recul.

— Je ne connais pas Zenaïde, monsieur. Je suis un étranger mais il se trouve qu'il y a bien des années, j'ai passé un été dans votre maison qui s'appelait alors « Gypswick Guest House ».

— Vous cherchez à me donner le change, mais je sais ! Mon intuition ne me trompe jamais : vous guettez Zenaïde.

— Et après tout si Zenaïde a envie de baiser, pourquoi l'en empêcheriez-vous ?

— Parce que c'est ma femme.

— Ce n'est pas une raison !

— Comment « ce n'est pas une raison » ?

— Trop long à vous expliquer. Ne me forcez pas à parler : j'ai mal à la gorge.

— Vous avez si mal que ça ?

— De plus en plus.

— Vous ne devriez pas rester sur un banc, même au soleil.

— Je songeais.

— Très mauvais ! Très mauvais ! Voudriez-vous une boisson chaude ?

Pourquoi n'épilait-il pas ses sourcils ? Leur prolifération fascinait au point qu'Edouard suivait mal ce que le petit homme disait d'une voix moins rude qu'au début.

— Vous me proposez une boisson chaude ?

— Oui.

A la fin de septembre, peu avant le départ de Ted, l'automne tomba d'un coup sur les arbres, les jardins, la mer et l'estuaire. L'équinoxe souleva une tempête et les vagues brisèrent des cabines de bain de la plage. Le ciel s'attristait. Mrs Walter n'était pas moins émue et attribuait son nez violacé au froid humide qui régnait soudain dans sa maison. Pour pallier les signes extérieurs de son émotion, elle se préparait plusieurs fois par jour des « boissons chaudes », whisky, cognac ou rhum brûlants — elle n'était pas sectaire, pourvu qu'ils fussent brûlants! — avec une rondelle de citron piquée de clous de girofle. Oui, elle buvait et nul n'en pouvait douter : en fin d'après-midi, la chère femme manifestait intempestivement sa gaieté malgré les reproches de Daphné. Elle embrassait ses filles sans raison, s'adressait en italien de cuisine à Ted et brûlait les omelettes, crevait les soufflés, sucrait la salade ou salait la tarte aux pommes au désespoir de la cuisinière. Daphné s'accrochait à ses jupes pour la supplier d'arrêter les « boissons » chaudes, de laisser la cuisinière en paix, d'aller se coucher après le dîner. Sheila semblait indifférente à ce retour du mal profond qui, depuis longtemps, minait sa mère et avait peut-être provoqué la fuite du père. Ted reprocha un soir à son amie ce qu'il prenait pour de l'indifférence à l'égard d'une femme qu'il s'était mis à aimer. Ils se tenaient comme tant de fois, assis sur la dernière marche de l'escalier, dans l'obscurité qui les protégeait, fumant une cigarette commune, les mains nouées, les genoux serrés, se devinant des lèvres.

— Tu ne fais rien pour empêcher ta mère de boire.

Sheila soupira, prit la main de Ted et la conduisit entre ses cuisses tièdes, jusqu'à cet endroit où elle n'avait plus le droit de bouger.

— Je n'aime plus que toi, dit-elle. Après toi, il y a les autres, des étrangers à ma vie. Ils ne m'atteignent plus. Tu as envahi mes jours et mes nuits et, imprudente, je me suis laissé prendre sans me défendre. Maintenant tu es dans mon cœur et tu empêches quiconque d'autre de le partager avec toi. Je pense tout le temps à ce que tu me dis, je le répète pour m'en pénétrer, je ferme les yeux pour revivre tes caresses, je ferme encore les yeux quand je marche à ton côté et que tu tiens mon bras. Je m'aveugle. Tu vois pour moi. Quand je danse avec le Révérend Roberts ou avec un autre, c'est pour toi, pour lire dans ton regard que tu m'aimes parce qu'à cette minute-là je danse bien et que c'est à peu près tout ce que je sais faire... Même si la nuit nous sépare, je t'entends dans mon sommeil. Ta main qui est là, entre mes cuisses en ce moment, même quand tu la retireras je la sentirai encore dans mes songes et à mon réveil je croirai toujours qu'elle est là. Non, ne bouge pas. Tu sais que ce sera pour plus tard... On nous traite comme des enfants. Ils s'illusionnent, nous en savons beaucoup plus qu'eux. Nous nous disons des choses tendres que les maris et les femmes ne se disent plus jamais. J'ai faim de toi et tu as soif de moi. C'est notre secret. Je ne te l'ai pas dit, mais pour être encore plus proche de toi, j'ai appris des vers de ce poète que tu aimes tant : T.S. Eliot. Je les ai adaptés pour toi en changeant le sexe du récitant :

Well ! and what if he should die some afternoon,
Afternoon grey and smokey, evening yellow and rose ;
Should die and leave me sitting pen in hand
With the smoke coming down above the housetops...

Quand je panique à l'idée de ton départ, et qu'il y aura la guerre comme tu ne cesses de le dire, je pense au vide de ma vie et je me récite ces vers en me répétant que tu aimes quand je goûte aux mêmes plaisirs que toi...

Cet aveu confondit Ted. Il vivait un désir et un jeu, et le premier être qu'il rencontrait lui révélait le dangereux éveil de la passion sans partage. Sheila le dépassait ; et de si loin qu'elle voguait sans lui dans un monde imaginaire qu'il n'était pas certain d'appréhender. Une grande ambition le saisit : il la rejoindrait, il la rejoignait déjà malgré le danger dont il gardait conscience. Cette nuit-là, ils dormirent blottis l'un contre l'autre sur la dernière marche de l'escalier.

— Vous ne vous sentez pas bien? demanda l'homme aux sourcils.

Assis dans un profond fauteuil de cuir, Edouard renversa la tête en arrière : le grog lui déchirait la gorge. Il tamponna ses yeux en larmes.

— C'était de la dynamite, dit-il. Je vais beaucoup mieux. Ce grog me rappelle des souvenirs restés prisonniers de cette maison.

— Désirez-vous que quelqu'un vienne vous chercher ?

— Non, non, je suis seul. Je peux très bien rentrer à pied.

Il se redressa pour mieux voir la pièce où il se trouvait, l'ancien salon des Walter. Bien entendu les meubles avaient changé encore qu'il se souvînt mal des fauteuils et du canapé recouverts de la même étoffe râpée, pas très propre, usée jusqu'à la corde et trouée par des brûlures de cigarettes, mais la cheminée devait être la même et le bow-window donnait sur la terrasse de brique, le jardin de curé, la Promenade, les eaux tourmentées de l'estuaire. Les demi-coques qu'on apercevait du dehors ornaient les trois murs, chacun avec une étiquette indiquant sa classe et l'origine de son chantier. Des ouvrages de marine garnissaient les étagères de l'unique bibliothèque.

— Vous étiez marin ? s'enquit Edouard.

— Moi, marin ? Dieu m'en garde. Tous des canailles ! Non, j'étais shipchandler à Southampton. J'en ai armé des bateaux ! Des centaines ! Il y a dix ans que j'ai quitté le métier quand cette furie a débarqué dans ma vie, avec son odeur... Vous ne sentez pas son odeur ? Elle est partout. Ça rend fou !

Comme si elle l'entendait, Zenaïde enfermée dans un placard avant l'entrée d'Edouard, se déchaîna à coups de poing et de manche à balai contre la porte en criant des injures en une langue impossible.

— La rage au corps elle a ! dit le mari nullement embarrassé. Vous savez, dans ces contrées lointaines, ils ne sont pas bâtis comme nous. Leurs femmes surtout sont très différentes, plus frustes et plus intuitives. Et en amour, alors... des avions à réaction...

— Ça vous intéresse encore à votre âge ? s'étonna Edouard.

— Il y a des gens qui ont soixante-quinze hivers ? Moi, j'ai soixante-quinze printemps.

Et puéril pour se mettre au diapason de cet inconnu, il se frappa le torse comme Tarzan.

— Bon ! Qu'est-ce que je peux faire pour vous à part ce grog ? Un taxi ?

— Non, merci, je rentrerai à pied. Avez-vous connu les anciens propriétaires de cette maison ?

— Je suis propriétaire depuis dix ans seulement et je l'ai acquise d'un sieur Prendergast, un Irlandais, un sacré foutu d'Irlandais comme vous vous en doutez.

— Il ne vous a jamais parlé de l'ancienne propriétaire, une Mrs Walter. Elle était encore à cette adresse en 1940.

— Comment voulez-vous que je sache ? Avec son satané foutu accent irlandais personne ne comprend ce que dit Prendergast. Demandez au notaire.

Passant devant le placard du vestibule, Edouard fut salué par une bordée d'injures de la négresse qui se déchaînait contre la porte.

— Elle ne paraît pas de bonne humeur, dit-il.

— C'est une créature volcanique. Dans son île, il y a tout le temps des éruptions.

— Verriez-vous un inconvénient à ce que je jette juste un coup d'œil au deuxième étage de votre escalier ? La dernière marche fait partie de ma mythologie.

— Oui, mais dépêchez-vous ! Je ne peux pas la garder toute la journée dans le placard...

Dans le taxi auquel il avait finalement consenti, une vraie détresse s'empara d'Edouard. Les fameuses marches n'évoquaient rien. Ce n'étaient que des marches usées par les pas et dont les coups de balai de la négresse avaient écaillé la peinture marronasse. Au mur, le papier à fleurs se décollait. Poussant l'indiscrétion jusqu'au bout, il était entré dans son ancienne chambre, celle qui donnait sur le balcon où la recluse fumait ses cigarettes défendues. Dans ce capharnaüm la pauvre fille entassait ses souvenirs des tropiques, une douzaine de chapeaux de paille, des boubous aux fabuleuses couleurs alignés sur des cintres, une guitare, des maracas, des colliers de coquillages plein un coffre béant. Réfugiée dans cette pièce qui embaumait la vanille et le bois de rose, elle s'offrait de larmoyants retours aux origines et trompait en rêve, avec les reliques du passé, l'irascible mari aux gros sourcils. Edouard aurait peut-être fondu en larmes s'il avait retrouvé sa chambre inchangée depuis un demi-siècle.

— C'est là, deux maisons plus loin, dit le chauffeur. Je ne remonte pas la rue. Elle est à sens unique.

Après une attente raisonnable on l'introduisit auprès du notaire, un homme d'une trentaine d'années en costume rayé, chemise bleue à col amidonné, cravate de laine noire. Edouard eût préféré un rassurant vieillard.

— Les maisons à vendre sont rares, dit le notaire d'emblée. Entre Westcliff et Southend les prix montent terriblement, ce sera plus facile si vous ne tenez pas absolument au front de mer.

— J'y tiens, et particulièrement à l'angle de Leas Gardens. Elle est habitée par une espèce de fou qui vit avec une négresse.

— Oh ! Joseph Soakes... Je peux vous assurer qu'il ne vend pas.

— On dit ça et puis un jour on change ! Je crois bien qu'avant lui, la maison appartenait à un certain Mr Prendergast qui a fini par la vendre. La famille que j'aimerais retrouver est celle qui a vendu à Prendergast.

Le notaire avança le menton en signe d'ignorance.

— L'affaire est passée par mon père. Je lui succède depuis cinq ans seulement.

— Il y a peut-être un dossier avec le nom de la personne de qui Prendergast tenait cette maison, une Mrs Walter.

— Si c'est quelqu'un que vous cherchez à retrouver, il vaudrait mieux vous adresser à une agence privée. Ils ont d'excellents détectives. Si vous tenez vraiment à acheter une maison, il y en a une, deux rues plus loin, un ancien pavillon aux murs à clins. Elle est en mauvais état, mais facile à restaurer...

Comment ce pavillon tenait-il encore debout ? Le voilà qui ressuscitait et, avec lui, la bande des ménestrels de la plage réunis sous son toit pendant le fameux été : cinq jeunes hommes et une seule femme, leur chanteuse. Vivotant — et fort mal — de quêtes après le spectacle, décrochant de temps à autre une soirée dansante à un mariage, un concert dans un thé de charité au casino de Southend, tirant le diable par la queue, mais fous de bonheur ils jouaient pour eux-mêmes des torrents de musique du soir jusqu'au petit matin dans cette maison extravagante où pas une porte ne fermait ; le gaz, l'électricité coupés chaque quinzaine, rétablis en vidant leurs poches ; menacés constamment par les voisins pour tapage nocturne ; sauvés par le lieutenant de police passionné de jazz qui venait en cachette se joindre à eux avec sa guitare, hors des heures de service. Ils mangeaient en musique, dormaient en musique à six dans trois lits déglingués, et peut-être même faisaient-ils l'amour en musique avec Rosella, leur chanteuse, du moins pour ceux qui préféraient les femmes, le pianiste et le guitariste ayant conclu un touchant et romantique accord secret.

Passant devant cet incongru pavillon bâti par quelque fonctionnaire que la nostalgie taraudait à son retour du Canada, Ted avait été arrêté par les éclats d'une superbe voix noire qui chantait un *blues* accompagnée au piano et à la guitare. Elle s'appelait Rosella, elle était américaine. L'après-midi, sur la scène des ménestrels, elle chantait des chansons à la mode, avec un air ennuyé, mais seule avec ses camarades, c'était une autre créature, une autre voix. Le *blues* qu'elle chantait le soir où Ted passa devant le pavillon, il le connaissait bien pour l'avoir entendu l'hiver précédent à Paris au concert donné par Big Bill Broonzy. Big Bill connu seulement des spécialistes de jazz aux Etats-Unis avait reçu en France un accueil délirant. Chez tous les fanatiques il y avait eu une vogue « Big Bill ». On copiait jusqu'à ses cravates, son élégant feutre mou, ses costumes noirs de croque-mort car, souvent désargenté, il se refaisait de la monnaie de poche en travaillant dans les pompes funèbres toujours avec le même sourire angélique éclairant sa face charbonneuse. Et voilà que le *blues* qui ouvrait ses concerts retentissait dans une rue du timide Westcliff : *I got up this Morning*,

Feeling Sad and Blue, I Lost my Baby... La porte bâillait et Ted avait osé entrer, traverser leur foutoir, une cuisine donnant sur une arrière-cour fermée par un haut mur de brique recouvert d'inscriptions démentes : « Nous sommes les meilleurs... L'enfer est un paradis, le paradis est un enfer... restons sur terre... j'aime le cul de Rosella... et moi j'aime ton chose... » et d'autres affirmations plus péremptoires encore qui traitaient des performances de chacun, Rosella étant la plus gâtée. Ils avaient traîné dans l'arrière-cour un piano d'ébène aux touches jaunies sur lesquelles Sam tapait tantôt avec fureur, tantôt avec la grâce inouïe de ses longues mains noires et roses. Rosella, debout sur une caisse de bière, chantait le beau *blues* de Big Bill Broonzy sanglée dans une courte robe de satin blanc qui moulait ses longues et fortes cuisses, ses fesses proéminentes, sa poitrine brune. Le cou de cygne étonnait chez une créature aussi puissante. Pour les aigus, les tendons saillaient, une veine bleuâtre se gonflait, et la voix jaillissait, merveilleuse dans l'improvisation car Sam ne se gênait guère pour introduire des portées personnelles dans les compositions pas trop rigoureuses de Big Bill. Après des journées décevantes à la plage où les spectateurs s'enfuyaient à la moindre ondée, ils rentraient chez eux pour une de ces *jam-*

sessions qui étaient leur raison de vivre et de supporter une existence chaotique et parfois misérable. L'apparition de Ted ne provoqua aucune réaction. Ils entamaient *I Believe* d'Artie Shaw, et Bobbie lâchait le saxophone pour la clarinette, Shane ne levait même pas la tête penchée sur sa contrebasse, Chuck, après la guitare passait au violon ; Jack hirsute, rouge, s'acharnait sur la batterie et reprenait le refrain : *I Believe in you so well...* Tels étaient leurs noms que Ted apprit vite bien qu'ils en changeassent souvent selon l'humeur du jour et les airs qui leur revenaient en mémoire quand ils s'interpellaient du sobriquet des plus glorieux musiciens de jazz : Black Bob, Punch Miller, Joshua, Washboard Sam. On ne s'y reconnaissait pas plus que dans les chapeaux qu'ils coiffaient au hasard, certains retrouvés dans une malle oubliée par les propriétaires : galette, toque, bonnet de police, feutre à plume de Robin des Bois, casque colonial et même un panama troué, admirable de dignité. Rosella affectionnait les bérets basques qu'elle portait très inclinés sur l'oreille, vert perroquet, rouge cerise ou bleu pastel qui donnaient à son visage aux narines agressives, aux yeux cernés de fard violet, aux grosses lèvres négroïdes sur une denture étincelante dont les deux incisives écartées appelaient le bonheur, un côté enfantin des plus troublants chez ce splendide animal voué corps, âme et sexe à la musique. Américaine, elle vagabondait en Europe sans esprit de retour. Son âge demeurait un mystère, mais sans doute pas beaucoup plus de vingt-cinq ans avec la promesse de prendre bientôt beaucoup de poids et d'être définitivement sans âge. A Londres, elle avait eu l'occasion de chanter pour Louis Armstrong en tournée, et il est probable qu'il aurait aimé la ramener au bercail, mais elle s'y refusait obstinément pour quelque raison tenue secrète. Sam, le pianiste, était noir aussi, de la Jamaïque comme Bobbie le clarinettiste ; les autres priaient d'excuser leurs peaux blanches : le contrebassiste Shane, écossais ; le guitariste Chuck, australien ; le batteur Jack, gallois. Un assez amusant échantillonnage comme on le voit, qui abolissait frontières et races dans un culte commun. Sur cette équipe de bric et de broc, qui se déferait aux premiers jours de l'automne, avant la routine, avant la fin des plus généreuses impulsions, Rosella régnait par sa sensualité, par la passion pour la musique qui la brûlait. Comme elle les entraînait vers les limites extrêmes de leur souffle au cours de longues *jam-sessions* qui finissaient dans l'extase aux premières lueurs du jour, elle les aurait emmenés au combat contre les armées du monde entier et ils seraient morts pour elle en criant son nom.

Vite lié avec eux, Ted amena Sheila dont l'éducation en matière de jazz restait à faire. Ils apportaient une bouteille de whisky ou de cognac dérobée dans une des caisses d'alcool que Mrs Walter se faisait livrer chaque semaine. Elle ne comptait pas ses bouteilles, la chère femme, elle ne comptait rien, elle ignorait même où ils allaient et pourquoi ils rentraient si tard, écrasés de fatigue, ouvrant avec peine les yeux au petit déjeuner. Mrs Walter ne s'inquiétait pas. Ils avaient promis. Le reste ne regardait personne et elle envoyait au diable l'horrible Mr Sutton qui, sans en avoir l'air, lançait des hypothèses hardies sur l'origine des cernes sous les yeux pâlis de Sheila. Eût-il suivi la jeune fille et Ted qu'il en aurait été pour ses frais. Ces deux-là ne se quittaient pas, assis sur ces caisses dans l'arrière-cour ou pelotonnés au creux d'un divan dont les ressorts épuisés vibraient comme une scie musicale au moindre mouvement. Sheila aidait Rosella à préparer des sandwichs, du thé, de détonants mélanges : rhum, vodka, gin qui remontaient le tonus de la soirée. Ces deux spécimens féminins, aussi opposés physiquement que le jour et la nuit, offraient un spectacle tout à fait inattendu dans la tranquille et bourgeoise nuit de Westcliff : Rosella sanglée dans du satin noir ou blanc collé à ses fesses rebondies, ses cuisses d'homme et son ventre plat ; ou, au contraire, épanouie, sortant de la douche, nue sous un peignoir blanc largement ouvert sur sa ferme et belle poitrine de bronze ; et Sheila une liane blond cendré, à la peau blanche, qui semblait filiforme, qui, pourtant ne l'était pas et opposait aux volumes agressifs de la chanteuse, une grâce au secret.

Un soir, ou plutôt un matin, juste avant l'aube, épuisés, ivres de musique, Sam ayant proposé de se rafraîchir dans la mer, ils se retrouvèrent quelques minutes plus tard sur la plage fous comme des enfants et nus, sauf Sheila.

— Je ne me mettrai pas nue devant eux. Tu seras le seul dans la vie à m'avoir vue nue, dit-elle.

Les ménestrels et Ted bondirent dans les vagues et s'aspergèrent de grandes gifles d'eau. Dans la lumière grise qui montait à l'est, vit-elle vraiment Rosella saisir Ted par la nuque, coller sa bouche à la sienne et agripper son sexe à pleines mains ? Ou était-ce une illusion, comme si le désir qui rôdait depuis plusieurs nuits autour d'eux se manifestait soudain avec une infernale brutalité. Si bref que ce fût, Sheila ne s'y trompa guère. Elle s'enfuit en courant sans que Ted, toujours nu, pût la rattraper. Il ne nia pas, mais il jura ne pas avoir provoqué cette soudaine caresse bien qu'au fond il dût s'avouer que la chair de Rosella était une belle friandise à laquelle, dans la fatigue et l'alcool aidant, on n'était pas coupable de vouloir goûter au moins quelques secondes.

Deux jours plus tard, la tempête une fois calmée à « Gypswick Guest House », Ted passa devant le chalet canadien. La porte bâillait. Il entra, appela depuis le vestibule sans oser frapper à la porte d'une chambre de crainte de les surprendre enlacés. Envolés ! Tous ! Laissant pour seul témoignage de leur existence éphémère, des caisses de bière vides, des cadavres de rhum, une montagne de partitions gribouillées et tachées de graisse ou brûlées pour allumer en torche des cigarettes, des chaises cassées, une cuisine envahie par les conserves vides et la vaisselle sale. Sur cet abandon qui ressemblait à une fuite précipitée — et peut-être le propriétaire l'avait-il précipitée en découvrant l'état de sa maison — régnait un triste silence. Les folies d'un été se dévoraient elles-mêmes, ne laissant que des cendres.

Deux ans après, Ted sut que Rosella chantait à l'Empire mais il ne put s'y rendre et les journaux lui apprirent qu'après plusieurs récitals triomphaux, elle était morte dans un accident aux Etats-Unis le jour même où, après bien des hésitations, elle y était retournée. C'était donc cela qu'elle craignait et qui l'attendait au premier rendez-vous. Ses disques se vendaient par millions. Les ménestrels avaient-ils jamais existé ? On pouvait en douter. Ils formaient une société secrète admirable de l'extérieur mais impénétrable aux néophytes. Longtemps encore, Ted puis Edouard se souvinrent du geste brutal et viril de Rosella et du brusque contact avec la toison crépue de son ventre.

Le taxi l'attendait à la porte du notaire.

— Je ne voudrais pas vraiment déjeuner, dit Edouard, mais juste grignoter quelque chose. Au bord de la mer si possible. Tout n'est pas fermé en cette saison ?

— Je peux vous emmener jusqu'à Leigh, dans un endroit agréable, au bord de l'eau, parmi les barques de pêche qui ont leur nom au pub, *The Smack Pub*. Il y a une véranda à midi.

— Je crois m'en souvenir et même qu'on peut s'y rendre à pied par une digue.

— C'est cela. Si vous préférez vous y rendre à pied, je reviendrai vous chercher dans une heure ou deux.

— Une heure suffit.

Peu après l'ancienne maison des Walter devant laquelle il repassa en tournant la tête, le cœur serré, la Promenade finissait en cul-de-sac continuée par une digue longeant le bord de mer. Des treuils tiraient les barques sur des étagères qui les gardaient à l'abri des grandes marées et des coups de chien. Sur le chemin, il croisa des couples engoncés dans des anoraks, chaussés de brodequins, coiffés de chapeaux imperméables, qui marchaient de ce pas décidé auquel on reconnaît les retraités anglais dans le monde entier. Les brumes du matin dispersées, la côte en face se dessinait, plate et noire, avec seulement, au sud, la cheminée géante d'une raffinerie qui crachait un panache de fumée gris soufré. Le dernier après-midi avant qu'il prît le train du lendemain matin pour Londres, puis Paris, ils s'étaient enfuis de « Gypswick Guest House » malgré les protestations de Mrs Walter qui jurait qu'on ne sort pas par un temps pareil. En fait, il grésillait à peine et, seul, un fort vent d'est caressait à rebrousse-poil les eaux jaunes et tourmentées de l'estuaire, mais ils avaient tant envie d'être ensemble, d'oublier les mines attristées de la mère et de la sœur, le visage épanoui de bonheur de l'horrible Sutton, les bénédictions du Révérend Roberts et les mines égarées de Ruth la Rousse, qu'ils seraient sortis malgré un cyclone. Sheila avait revêtu un imperméable trop vaste pour elle, le fermant à la taille avec un nœud étranglé, et coiffé un chapeau cloche qui cachait ses cheveux fous. Dans leur marche, elle se serrait contre Ted avec de brusques convulsions, comme prise de frissons. A demi pliés en deux pour résister aux rafales, ils étaient parvenus jusqu'à un abri, un banc sous une verrière, et, ô miracle, cinquante ans après la verrière se dressait encore au bord de la digue, avec son banc, ses affiches municipales, mais sans le clochard à barbe de mathurin qui fourrageait dans son nez pendant que Sheila et Ted échangeaient de furtifs baisers mouillés sur leurs joues ruisselantes et qu'au large on changeait le décor de l'été pour celui de l'automne ; l'estuaire muait, roulant des flots boueux et la toile de fond d'un gris nuageux estompait l'horizon. Un vapeur — un des derniers de la marine à charbon, et on imaginait dans la soute les chauffeurs bourrant la gueule des chaudières avec les dernières pelletées de charbon avant de remonter à l'air libre qu'ils n'avaient pas respiré depuis le départ de Manille — un vapeur remontait le courant en lâchant des ballons de fumée sale déchiquetés par le vent. Par un temps pareil, soixante voiliers chargés de grain, de bois, de laine, de cuir et même d'oranges étaient restés six semaines à louvoyer, impuissants à remonter la Tamise faute de vent d'ouest. Cela se passait en 1880 et Joseph Conrad se trouvait jeune lieutenant à bord d'un de ces voiliers dont les « provisions se voyaient réduites aux balayures de soute à pain et aux raclures des barils de sucre ». Sheila ne lisait pas Conrad. Si elle s'efforçait de rejoindre Ted dans son admiration pour Eliot, Conrad ne passait pas, bien qu'elle eût pris du plaisir à entendre son ami lui raconter *La ligne d'ombre*. Ted lui pardonnait son absence de goût pour Conrad. Conrad écrivait pour les jeunes hommes qui ont un immense et impérieux besoin d'horizon. L'horizon appelait déjà Ted, bien que ce fût une ligne encore indécise dans les lueurs de l'aube. Sheila le devinait bien.

Assis sous la verrière à la place exacte où ils s'étaient blottis autrefois, à l'abri des grains, Edouard essayait de retrouver ce qu'ils se disaient ce dernier après-midi, mais le souvenir n'en revenait que par bribes comme si des mots paresseux s'attardaient en route et que d'autres restaient trop lointains pour qu'on les entendît, murmures pour soi-même, plaintes étouffées par un demi-siècle d'autres plaintes plus graves.

— Je serai là pour la Toussaint, tu viendras nous voir dans le midi de la France où ma mère s'installe.

— Tu ne reviendras pas à la Toussaint, je n'irai pas en France à Noël.

— Il faut que je passe mon deuxième bachot.

— Tu as mille choses à faire dans la vie avant de t'occuper vraiment de moi. Tu m'oublieras. Tu m'as déjà oubliée plusieurs fois.

— Quand ?

— Hier, je t'ai vu : il y a eu un moment dans la journée où tu ne pensais plus à moi quand le Révérend Roberts te parlait.

— Je suis bien élevé. Je l'écoutais.

— Pensais-tu à moi quand Ruth, l'affreuse Ruth, la puante Ruth est venue te rejoindre dans ton lit ?

— Je ne pensais qu'à toi. Elle ne me faisait penser qu'à toi.

— Pensais-tu à moi quand Rosella t'a attrapé par le chose et t'a plaqué contre elle ?

— J'ai regretté que ce ne fût pas toi.

Elle disait encore :

— Tu vas vivre dans des endroits qui ne te parleront pas de moi, tu verras de nouveaux visages, souvent plus beaux que le mien qui est si triste en ce moment et te laissera demain un désespérant souvenir.

— J'ai une photo de toi, radieuse quand nous nous tenons la main.

— Tu la perdras et ça vaut mieux. Moi, je vivrai de notre été. Je fumerai une dernière cigarette sur la marche, je t'attendrai au petit déjeuner, je guetterai à la fenêtre comme quand tu remontes du bain, je danserai pour toi au casino de la jetée mais tu ne seras pas là pour me dire que je suis belle, que tu m'aimes et m'effleurer la joue d'un furtif baiser. Tu seras partout : au cinéma, au salon, sur la Promenade marchant à grands pas, ici où je viendrai tous les jours en souvenir de toi jusqu'à ce que ça ne me fasse plus mal, c'est-à-dire jusqu'au Jugement dernier où nous nous retrouverons enfin, condamnés au Purgatoire ensemble, à la même peine, pour avoir échangé des caresses dangereuses. Les nuits passeront et quand il y en aura eu trois cents, Peppino sortira de sa boîte et poussant son triporteur passera sous ma fenêtre en criant ses glaces. Je fondrai en larmes parce que personne ne m'en offrira plus, et bien que tu m'aies un jour révélé tes vilaines pensées derrière ta générosité.

Ils rirent et s'embrassèrent, puis Sheila martela de coups de poing la poitrine de son ami.

— Pourquoi ne m'as-tu rien dit ? Pourquoi es-tu venu ici troubler ma paix ? Et pour qui te prends-tu sale égoïste ? Avant toi Hugues qui travaille dans une banque et qui est un homme, passait me voir le samedi et nous dansions au casino de la jetée. Il danse bien, lui. Jamais il n'aurait caressé mes seins et mon ventre comme tu le fais, jamais il ne m'aurait donné ces envies terribles qui la nuit, me tiennent éveillée. Pourquoi as-tu respecté ta promesse à ma mère ? Tu n'es qu'un lâche... Je déteste les Français !

Elle sanglotait. Le clochard se leva et toucha du doigt sa casquette innommable :

— Lady, j'entends que vous avez des choses personnelles à vous dire. Je suis de trop.

— Donne-lui une livre, dit Sheila.

Ted glissa une livre dans la mitaine du clochard qui ajouta :

— Jamais homme n'aura bu avec autant de cœur à la santé et aux amours de si beaux jeunes gens.

Sheila sécha les larmes qui coulaient le long de ses joues.

— Ce n'est pas vrai : je ne déteste pas les Français. Je les aime à cause de toi... Tu es bon et léger, tu as de l'affection pour maman et tu tiens tes promesses. Regarde comme le monde est laid à côté de nous : le clochard a eu honte de sa crasse, de ses poux et de sa mauvaise odeur, l'estuaire est jaune, le ciel mal lavé, la vase pue, j'ai horreur de l'odeur de goudron des barques. Est-ce que tout ça n'est pas insupportable ? Nous sommes les seuls à ne pas être horribles, nous sommes beaux, nous sommes jeunes et nous insultons la laideur et la misère...

Edouard quitta l'abri et longea la digue. Un mille plus loin, sur un promontoire, se dressaient quelques maisons de bois et le pub conseillé par le chauffeur de taxi : *The Smack Pub.* En contournant le comptoir décoré de chopes de tous les pays on accédait à la salle du restaurant face à l'estuaire, à cheval sur une jetée de bois avancée jusqu'à un mouillage de barcasses. Réfracté par les vitres de la véranda, le soleil aveuglait, mais Edouard avait envie de chaleur et de lumière après sa plongée dans l'automne des départs qui le laissait grelottant, la gorge de nouveau sèche et douloureuse. Le grog cautérisa aussitôt ses amygdales irritées, et il entamait son *welsh-rabbit* quand une voix d'homme, dans son dos, lui demanda poliment de tirer sa chaise pour laisser passer un fauteuil roulant. Edouard se retourna : l'homme au caban et aux sabots, le vagabond du ferry, poussait devant lui une enfant handicapée d'un âge indéfini dont les yeux roulaient comme des billes dans le faciès mongolien. L'homme bloqua la voiture dans l'angle de la véranda et, avec une soigneuse tendresse, ôta le cache-col de la fille et le capuchon d'anorak qui cachait des cheveux pauvres et plats collés par mèches sur le front et les oreilles. Edouard les observait dans le reflet de la vitre. L'enfant poussait de temps à autre des cris inhumains que l'autre étouffait d'une main légère sur la bouche. Il la nourrit à la cuiller avec une patience inlassable, reprenant sur les lèvres et le menton les grains de riz qu'elle bavait. L'assiettée finie, elle piétina le marchepied de son fauteuil ambulant et poussa un cri rauque qui fit sourire son compagnon. Dans la poche de son caban, il tenait en réserve un paquet dont il tira un biscuit qu'il fit mine de porter à sa bouche, provoquant une tempête de grognements. Elle avançait avidement une main molle et grasse qui battit l'air et finit par s'emparer du biscuit pour le porter à ses lèvres et le sucer. Il lui essuyait avec tendresse la bouche, le nez, le coin des yeux chassieux.

« C'est la preuve, dit Edouard à Ted, que si nous savons déjà si peu de chose sur nous-mêmes, nous ne savons rien des autres, et que nous tombons dans tous les panneaux des trompeuses apparences. Ce grossier paumé, mal jugé au départ, cache, sous son enveloppe de sous-développé, un cœur qui n'est pas tout à fait pourri. J'aimerais le lui dire, mais il se défendra encore à coups de sarcasmes et nous resterons sur nos positions réciproques, à cela près que je connais son secret et que je me sentirais coupable. Aucun de nous ne tolère d'être vu sous son vrai jour. — Sheila, dit Ted, savait des choses sur vous et vous n'aimiez pas qu'elle vous les dise. — Elle ne les savait pas, elle les devinait. L'intuition est l'arme absolue avec laquelle les femmes tuent leurs amants. Les plus dangereuses ne sont pas toujours les plus intelligentes. — Au fait était-elle intelligente ? — Comment l'aurais-je constaté ? En revanche, je me souviens qu'il fallait tout lui apprendre : la poésie, le cinéma, le roman, le jazz. Bien qu'elle eût terminé ses études secondaires avec un notable succès, elle était d'une ignorance sidérante pour le petit cosmopolite que je commençais d'être. — Faire figure de mentor vous grisait. — C'est bien la seule fois de ma vie où j'ai joué ce rôle-là. »

Ils avaient fini. L'homme au caban remit le cache-col autour du cou de l'enfant et la coiffa du capuchon. Edouard tira sa chaise pour les laisser passer plus commodément et eut droit à un sourire et un hochement de tête de l'homme. Depuis la veille, les circonstances s'ingéniaient à les réunir, une drôle d'idée et gratuite pour les forces occultes du hasard qui avait des préoccupations autrement importantes.

L'homme au caban ne réapparaîtrait sans doute plus jamais aux yeux du Français qui ne resterait pas à Westcliff. Il était là, une dernière fois, pour rien, et, pourtant, désormais il participerait au décor de cette aventureuse quête du passé et, figé dans le souvenir, il accompagnerait les images de Westcliff, les retrouvailles avec la maison des Walter comme le clochard déférent accompagnait la scène sous l'abri de la digue.

Le chauffeur de taxi vint le chercher. Ils burent ensemble un whisky chaud.

— Si ça ne vous fait rien, dit Edouard, j'aimerais retourner sur le front de mer et prendre une photo d'une maison qui est à l'angle de Leas Gardens.

Il prit plusieurs clichés. Sa main tremblait légèrement. Les fenêtres du shipchandler étaient fermées malgré le beau soleil d'hiver qui baignait la façade sur laquelle l'araucaria dessinait des mains d'ombre. Du bord de mer l'objectif saisissait entièrement la maison par-dessus le gazon du bowling qui n'existait pas avant la guerre. A part cela et l'antenne de télévision sur la cheminée, rien n'avait réellement changé et si Edouard tremblait c'était, plus que de la fièvre refoulée par les grogs, à cause du net et déchirant sentiment que cette maison de briques et de verre, avec ses toits pointus, ses lucarnes, son modeste jardin, avait été, dans sa vie, la maison du bonheur. Le bonheur ? C'est fou ce que ce mot charriait de tristesse et même de désastres dans la vie d'Edouard, exception faite de cette maison dont il découvrait, mais un peu tard, qu'elle avait été comme un talisman dans sa jeunesse et que l'on n'a droit qu'à un seul talisman dans une vie. A un de ses amis qui professait d'être philosophe, il avait même soufflé les premiers mots d'un essai incendiaire : « Au mot bonheur, l'homme ordinaire sort son revolver et tire le premier... » L'essai en était resté là, mais ils avaient toute une soirée joué avec cette idée que le bonheur conduisait inévitablement aux catastrophes, qu'il fallait être innocent ou fou pour le rechercher et que, d'ailleurs, le bonheur n'existe pas, que c'est un exercice de délectation autour d'un passé dont l'imagination et l'esprit de l'escalier fardent de couleurs plaisantes la vérité souvent plate.

Au retour de la promenade, Sheila et Ted écoutèrent leurs disques favoris, deux ou trois fois *Stormy Weather* avant que Sheila ne retînt *Smoke Gets in your Eyes.*

— C'est celui-là que tu entendras en partant demain matin, dit-elle.

Le Révérend Roberts avait gagné un magnum de champagne à une partie de bingo. S'il ne considérait pas qu'il fût immoral de jouer, il concédait, en revanche, qu'il était immoral de ne pas faire profiter ses amis de sa chance. L'occasion s'offrait : on célébrerait la dernière soirée de Ted au champagne :

— Pour atténuer nos regrets, dit le Révérend, de voir partir un jeune Français si élégant qui a su nous faire revenir sur beaucoup de préjugés à l'égard de son pays...

La naïve cautèle du Révérend exaspérait Ted. Il accusait ce bénisseur des pires vilenies comme d'écouter aux portes et de regarder par le trou de la serrure. Quand le pasteur le questionnait avec une feinte innocence sur la vie de sa mère en France, Ted répondait cyniquement qu'elle vivait de galanterie ce qui était fort loin de la vérité. Il s'avéra aussi que le pasteur ignorait comment on ouvre une bouteille de champagne. Ted le remplit d'admiration en opérant sans bruit et sans bavure. Les pensionnaires se pâmèrent. Sheila but plusieurs coupes. En perçut-elle le goût ? Dans ce domaine aussi il faudrait l'éduquer. Sur ses joues s'allumèrent deux taches roses et ses yeux brillèrent de fièvre... Daphné qui revenait du collège pour le week-end, encore dans son uniforme bleu marine galonné de jaune, son chemisier blanc au col trop large chiffonné par une cravate bleu et jaune, Daphné surveilla sa sœur pendant le dîner :

— Tu pleures ? demanda Mrs Walter.

— Non, dit Sheila, je me brûle la langue avec le potage.

Plus tard, Daphné dit à haute voix pour être entendue de tous :

— Sheila est complètement saoule.

— Tais-toi, petite idiote. Je ne suis pas saoule. J'ai du chagrin.

Mrs Walter crut bon d'avouer qu'elle partageait ce chagrin et que les pensionnaires le partageaient aussi. Cette tentative pour atténuer la peine de sa fille en la distribuant gratuitement à des familiers ne remporta qu'un médiocre succès. Sheila baissa un peu plus la tête. Deux larmes perlèrent sur ses joues. Un ange passa. Le Révérend Roberts dînait seul à sa table en lisant un livre que l'on espérait édifiant. Près de la fenêtre que cinglaient des rafales de pluie, Ruth la Rousse, vis-à-vis de son mari, piquait avec rage dans son assiette des petits pois rétifs qui lui échappaient et roulaient sur la nappe. Elle les ramassait délicatement et les envoyait par-dessus son épaule gauche. Shane la regardait, étonné, les yeux ronds, découvrant avec retard ce dont les autres se rendaient déjà compte : Ruth devenait folle. Mary, la femme de chambre se tenait près de la porte en robe noire, tablier, col et coiffe de dentelle, veillant sur l'horrible Mr Sutton qui, depuis quelques jours, la besognait quand elle apportait le thé du petit matin. De sa chambre, Ted entendait les cris d'oiseau de la bonne et les ahans de fumeur de Mr Sutton.

— Décidément tu pleures, ma chérie, dit Mrs Walter.

— Non, je t'assure, je me suis mordu la langue.

Et à la fin du dîner, devant la mine butée de Sheila, sa mère s'inquiéta encore :

— Tu n'as pas l'air bien ?

— Je suis très bien, seulement un peu fatiguée. Ted m'a fait marcher des heures. Je me coucherai de bonne heure. J'ai un sommeil fou à rattraper. Il faut que je fasse le tour du cadran.

Elle feignit de réprimer des bâillements au salon pendant qu'on servait du café, pria qu'on l'excusât, embrassa sa mère, sa sœur, prit la main de Ted qui lui baisa la joue.

— C'était formidable de t'avoir cet été avec nous. J'espère que tu reviendras à Noël ou, en tout cas, l'été prochain et que tu sauras danser. De mon côté je te promets de jouer un peu moins mal au tennis.

Dans le creux de sa main, Ted reçut un papier plié

en huit. Sheila décevait ceux qui espéraient avec une vicieuse impatience des larmes, un visage blanc, un effondrement de dernière minute.

— Mais tu te lèveras pour lui dire au revoir ! s'exclama Mrs Walter effondrée à l'idée que la romance bâtie par elle autour de sa fille et de Ted n'avait été qu'un fugitif plaisir d'été.

— A huit heures du matin ! Tu n'y penses pas ! J'ai une tête impossible au réveil. Quel vilain souvenir pour Ted ! Bonsoir tous !

Quand Ted déplia le papier il lut : « Mon chéri, fais exactement ce que je te dis : à minuit quand tout le monde sera couché, tu viendras dans ma chambre. Nous dormirons ensemble cette dernière nuit. Je serai dans tes bras, tu ne me lâcheras pas une seconde jusqu'au matin où tu auras le droit de poser un baiser sur mon ventre. Tu ne prononceras pas un mot de la nuit, et quand tu sortiras tu seras aussi muet. Jure-le en croisant les doigts. C'est fait ? Bien. Nos adieux, c'est après dîner que nous nous les sommes dits, et devant tous les pensionnaires, en souriant pour que personne ne sache jamais combien nous nous aimons. As-tu compris ? Pas un mot. Je ne veux entendre que ton souffle. Je t'attends. Tendresses. S. »

Ainsi fut fait et la promesse à Mrs Walter tenue. Avec bien des efforts et des regrets.

Une jeune fille de dix-sept, dix-huit ans ouvrit la porte de la pension Trump.

— Je suis Caroline et, vous, je parie que vous êtes le Français dont tout le monde parle dans la maison.

— Et vous, la danseuse ?

Elle esquissa une révérence en pinçant sa jupe de chaque côté.

— C'est moi ! La nouvelle Taglioni... malheureusement on a fermé l'école pour un long week-end. Mes camarades avaient la grippe avec des angines. Embêtant pour une danseuse d'avoir les jambes en coton et une boule dans la gorge, n'est-ce pas ? Mais vous... Je vous soupçonne du pire. A votre voix, je devine que ça ne va pas très bien non plus.

— Sans doute.

— Je vous prépare un grog ?

— Je vais guérir ivre mort.

Elle l'aida à se débarrasser de son manteau. Son visage encore enfantin, tout rond, aux yeux bleus un peu globuleux s'ornait de deux amusantes nattes terminées par des nœuds papillons blancs. Caroline ressemblait plus à une poupée bavaroise qu'à une ballerine anglaise. Un jour, si elle ne se surveillait pas elle ressemblerait aussi à sa mère et s'asphyxierait dans des robes trop étroites à la taille et trop courtes aux genoux.

— Merci, dit-il en prenant avec soin le verre à pied encore fumant. Ce doit être le sept ou huitième de la journée.

— Vous tenez rudement bien le coup... Enfin, vous êtes quand même pas mal rouge. Avez-vous de la fièvre ?

— Probablement.

Elle s'assit en face de lui dans un fauteuil, sa courte jupe dévoilant ses jolies cuisses musclées, le mollet déjà fort de danseuse.

— Vous étudiez la danse classique ?

— Oui, mais modernisée. Vous connaissez Martha Graham ?

— Je sais qui c'est.

— Eh bien, mes professeurs travaillent dans le même style. On ne danse pas seulement avec ses jambes et ses bras, on danse avec tout son corps. En même temps que les exercices à la barre, nous prenons des cours avec un mime.

Une idée lui traversa la tête. Et si la sœur de Sheila était devenue danseuse comme elle l'ambitionnait, si aujourd'hui, elle enseignait ?

— Comment s'appelle votre professeur ?

— George Burns. C'est un Américain, un Noir américain.

— Il n'y a pas une femme ?

— Oh, oui, le mime : elle est Française, une élève de Decoux...

— J'avais espéré autre chose.

— Que voulez-vous dire ?

— Rien. Pardon Caroline. Je me parlais dans la tête.

— C'est drôle ce que vous venez de dire. George, notre professeur nous répète tout le temps la même chose : « Parlez-vous dans la tête. » Vous dînez avec nous ce soir ?

— Oui, mais je serai un piètre convive.

— Je demanderai à maman qu'elle ajoute un couvert à notre table.

Elle sortit. Edouard se sentait mieux bien qu'il ne fût pas sûr d'avoir la force de se relever du profond fauteuil dans lequel il s'était laissé tomber.

« Dites-moi, mon cher Edouard, vous ne prétendez pas recommencer chez Mrs Trump le même coup que chez Mrs Walter ? — Merci à toi Ted, de me rappeler mes limites, mais je ne les oubliais pas. Figure-toi que j'ai un plaisir innocent à écouter des jeunes filles comme Caroline. Il faut arriver à mon âge pour discerner la vraie de la fausse ingénuité. Caroline est une vraie ingénue. Laisse mon vieux cœur s'attendrir sans lui faire de procès a priori. — Votre cœur est très jeune sans cela vous ne seriez pas ici. — En vérité, ta réflexion est assez juste : c'est en vieillissant qu'un cœur rajeunit. A dix-sept ans, il est dur, égoïste, avide de plaisirs nouveaux. — Et vlan ! pour la jeunesse que vous méprisez ! — Je regrette de te contredire : j'aime la jeunesse mais avec discernement, au contraire de ta génération qui en manque totalement. Ainsi, tu n'as pas discerné ce qu'avait d'entier le cœur de ta petite amie. Elle t'aurait suivi dans le vaste monde si tu le lui avais proposé. Tu ne lui as même pas donné l'occasion de rêver à une aventure pareille. Trop de bon sens, mon pauvre enfant, j'y pensais cet après-midi quand je contemplais une dernière fois la maison de Leas Gardens. Je t'aurais aimé plus fou pour répondre à l'attente insensée de cette femme qui a disparu de nos existences sans laisser beaucoup d'autres traces que la photo écaillée qui nous a conduits ici. — Vous oubliez deux retours à Noël et à Pâques. — Je ne les oublie pas tout à fait bien que le détail en reste vague dans mon cerveau embrumé par la grippe. — Vous vous souvenez qu'elle vous a paru singulièrement embellie ? — Oui, pourtant ses traits n'avaient pas changé. Peut-être passait-elle la frontière qui sépare les adolescentes des femmes. Je dirais qu'elle montrait une sérénité qui sublimait son personnage. En somme, j'ai le souvenir d'une femme heureuse qui avait des gestes tendres pour remettre en place ma cravate, chiffonner ma pochette, mouiller son index pour lisser mes sourcils trop fournis et toujours en bataille. Tout était devenu paisible autour de nous : l'horrible Mr Sutton construisait un pont au Moyen-Orient, le Révérend Roberts voyageait aux Etats-Unis, on soignait Ruth la Rousse à Londres dans une clinique psychiatrique et Shane, son mari, avait disparu. Le climat hostile qui nous entourait l'été faisait place à une indifférence générale. Nous n'étions plus sur nos gardes. Il suffisait de peu de ruses pour passer la nuit dans le même lit, endormis chastement la main dans la main. J'ai beau fouiller ma mémoire, je n'arrive pas à retrouver le moindre souvenir marquant. Le bonheur est sans histoire ! — Les plus plats aphorismes contiennent parfois une part de vérité. — C'est donc bien l'été suivant alors que vous vous apprêtiez à partir pour l'Angleterre que vous avez rencontré Beatrix. — C'est une autre histoire. Je suis resté en France. La chaîne s'est rompue. Au mois de décembre, je suis revenu, mais est-ce la peine de se faire mal ? »

Un peu plus d'un an après le premier départ de Westcliff, Béatrix qui se trouvait à Londres pour des raisons connues d'elle seule, envoya un télégramme à Ted : « Ai absolument besoin de toi. Viens d'urgence. » Il commençait sa première année de droit et devait passer un examen de fin de trimestre. Trois jours après il arrivait à Londres. Le concierge du Park Hotel lui remit une lettre : « J'avais dit : viens d'urgence, c'est clair, non ? Trop tard ? Je t'embrasse. A bientôt à Paris. »

Parti de Fenchurch Street le train le débarqua sur le quai de Westcliff par un temps radieux. Un sac à la main, il remonta la promenade jusqu'à Leas Gardens. Fenêtres et portes de la maison étaient ouvertes. Du trottoir, on entendait de la musique comme tant d'autres fois, mais cet après-midi-là il n'y avait pas qu'elle et lui, il y avait foule et devant la maison étaient garées une vingtaine de voitures aux portières desquelles flottaient des rubans de gaze blanche. Des jeunes filles en robes de demoiselles d'honneur, bleu pervenche, couronnées de fleurs vinrent s'asseoir sur les marches de la terrasse, un verre à la main. Il les entendait parler, glousser, rire, s'interpeller à grands cris avant de se lever pour suivre des garçons en smoking un œillet blanc à la boutonnière qui les emmenaient danser à l'intérieur. Quelqu'un frappa dans un verre avec un couteau et les vibrations du cristal amenèrent le silence. Le speech habituel déclencha une tempête de rires et d'applaudissements, et c'est à ce moment-là que Daphné aperçut Ted assis sur le banc en face de la maison, son sac de voyage à ses pieds. Elle resta un moment immobile à l'observer, puis comme les invités tournaient le dos, elle se dirigea vers la bordure du jardin et traversa la Promenade après avoir pris son chat dans ses bras. Ted avait baissé la visière de sa casquette cachant à demi son visage, mais elle ne s'y trompa pas. Avançant à petits pas dans sa robe rose qui lui arrivait aux genoux, coiffée comme toujours à la Jeanne d'Arc, une frange sur son front têtu, elle clignait des yeux dans le soleil de l'après-midi. Sur le trottoir, elle hésita une première fois, s'arrêta comme si elle doutait de la réalité de sa vision, puis reprit sa marche, lentement, la tête du chat pressée contre sa joue. Quand elle fut à quelques pas, Ted se redressa et ôta sa casquette :

— Bonjour Daphné !

— Pourquoi viens-tu ? Elle a pleuré deux jours et maintenant elle est heureuse, maintenant elle danse avec son mari. Depuis ce matin, elle ne t'attend plus et elle t'oublie. Tu as quelques heures de retard. Qui t'a prévenu ?

— Personne. Qui épouse-t-elle ?

— Tu ne le connais pas. Tu ne vas pas tout gâcher, n'est-ce pas ? Vois comme nous sommes heureux pour elle ! Nous rions, nous nous amusons, nous dansons. Elle t'a enfin échappé.

Des larmes affluèrent dans ses yeux.

— J'aurais voulu lui parler ? Une minute seulement. C'est trop extraordinaire que je sois arrivé juste aujourd'hui. Il s'est passé quelque chose entre elle et moi...

— Elle t'a appelé désespérément mais tu n'es pas venu assez vite... Je sais tout. Pars.

— Alors dis à ta mère que je la verrai demain.

— Il ne faut pas que tu restes à Westcliff. Sheila t'apercevra et ce sera terrible. Cette nuit encore elle a rêvé que tu venais la chercher...

Des applaudissements éclatèrent marquant la fin d'un second *speech* et on chanta *For he is a Jolly Good Fellow*... Ted ramassa son sac, baisa au front une Daphné impassible et marcha en direction de Southend.

Le lendemain Mary ouvrit la porte en sarrau gris, les cheveux serrés dans un fichu. Elle le conduisit au salon sans le reconnaître.

— Vous ne vous souvenez pas de moi, Mary ?

— Non.

— Je suis Ted, le Français de l'an dernier.

— Ah oui ! dit-elle si poliment qu'il fut certain qu'elle ne le remettait nullement. Qui voulez-vous ?

— Mrs Walter.

Des grains de riz et des confettis jonchaient le sol. La pièce empestait la cendre froide, le mousseux tiède, l'aigre odeur de sueur et de poudre de riz qui stagne avec les reliefs d'un bal. Mary commençait à peine à ranger et à nettoyer le désordre de la veille. Des verres traînaient encore, oubliés à demi pleins ou vides et sales, tachés de rouge à lèvres sur une crédence, entre deux livres de l'étagère, sur le manteau de la cheminée. Le stupide tableau représentant une vache en train de boire dans une mare était complètement de travers. Sur la mauvaise reproduction du *Blue Boy,* un facétieux avait dessiné au bouchon brûlé la moustache d'Hitler. Il reconnut le tapis usé à la corde comme le canapé éventré sur lequel Sheila et lui passaient tant de soirées assis sagement, masquant leur impatience de se retrouver sur la marche de l'escalier pour fumer la dernière cigarette qui préludait à leurs jeux de mains. Le désordre, l'abandon, l'usure criaient le déclin brutal d'une maison que sa propriétaire avait maintenue des années à la force du poignet et qui s'écroulait maintenant que partait celle autour de qui la vie tournait. Mrs Walter apparut enfin, en kimono jaune, la cigarette au bec selon son habitude, ses bras osseux à la peau tavelée sortant des manches fendues. On eût dit d'un vieil oiseau surpris par la lumière du jour, n'en croyant pas ses yeux jusqu'à la minute où elle fut certaine qu'elle ne rêvait pas. Daphné n'avait pas parlé. Les yeux de la chère femme se remplirent de larmes.

— Ted, vous arrivez trop tard. Trop tard ! Elle s'est mariée hier. Que faisiez-vous ? Que faisiez-vous ?

Elle ouvrit les bras et ils s'étreignirent doucement.

— J'étais là hier, assis sur le banc. J'ai tout vu. Daphné est venue me dire de partir.

— Elle ne m'a rien répété. Elle a dû avoir peur que je parle à Sheila, et c'est vrai : je n'aurais pas pu m'en empêcher. Ô Ted, où étiez-vous tous ces longs mois ?

— J'ai vécu.

Elle se laissa tomber dans un fauteuil, essuyant ses yeux avec un mouchoir ridiculement petit.

— Mary n'a pas encore nettoyé. Mary ne fait plus

rien. C'est la chute de la maison Walter, dit-elle assez drôlement. Regardez donc dans ce placard, il reste peut-être quelque chose derrière les dictionnaires. J'ai aussi caché deux verres.

Il trouva une bouteille de gin à demi pleine et les deux verres. Sans trembler elle se servit une sérieuse rasade. La cendre de sa cigarette tomba sur le revers de son kimono qu'elle brossa d'une main négligente.

— C'est un cadeau de mon gendre, dit-elle. Un rien grotesque, n'est-ce pas ? Il n'a pas très bon goût, mais c'est un brave garçon. Rien de romantique, comme vous le devinez. Il est solide. Vous saviez qu'elle est devenue anorexique ?

— Nous ne nous écrivons plus depuis six mois.

— Vos lettres sont là-haut dans sa chambre. Je sais exactement dans quel tiroir et pour tout vous avouer, j'ai fait comme toutes les mères je les ai lues en cachette. Quand j'ai lu la dernière, je vous aurais étranglé. C'est ma Sheila que vous aimez, ce n'est pas une autre malgré ses charmes et sa splendeur, c'est ma petite fille que vous aimez, simple et belle, un cœur pur qui vaut tous les diamants du monde.

— Il faut brûler ces lettres.

— Jamais, Ted ! Comment pouvez-vous dire ça ? Cette histoire aura été la plus belle histoire de la vie de Sheila.

— Ce n'était pas une vraie histoire. Nous n'étions pas amants.

Avec rage elle écrasa sa cigarette dans un cendrier et en ralluma aussitôt une autre. L'aveu passa ses lèvres :

— Je ne devais pas vous l'interdire. J'ai eu tort.

— Nous aurions été maladroits. Il me fallait quelques leçons. Je les ai prises.

— Est-ce parce que cette femme vous a lâché que vous êtes venu ici ?

— Elle ne m'a pas lâché. Je suis arrivé en retard à un rendez-vous. Elle n'y était plus.

— Vous êtes encore bien jeune pour que l'on joue ainsi avec vous.

— J'imagine que cela fait partie des meilleurs apprentissages.

— Vous êtes calme. Ou alors vous êtes très fier.

Pourquoi avouerait-il que, s'il n'était pas venu à Westcliff, il aurait mal supporté la déception de ne pas retrouver Béatrix à Londres.

— Resservez-vous encore un peu de gin. Je suis épuisée, je n'ai pas dormi de la nuit... Répondez-moi franchement : qui vous a dit que Sheila se mariait hier ?

— Personne, je vous le jure. C'est venu comme ça... très étrangement, alors que je voulais oublier. Il y a eu un appel muet de Sheila, je l'ai entendu et j'ai eu envie de la voir, de l'embrasser comme un tendre ami, de lui parler d'elle pour qu'elle m'interroge sur moi.

Mrs Walter se leva en titubant. La cuite de la veille avait dû être fameuse et les quelques lampées de gin en réveillaient les vapeurs. Elle avait brutalement vieilli : ses épaules se voûtaient, elle trébuchait sur des mules à pompons roses et, sans fards, elle était livide, chiffonnée bien au-delà de son âge puisqu'elle dépassait à peine la cinquantaine. Ted eut pitié d'elle et la prit par le bras pour la guider vers la fenêtre où elle appuya son front :

— Je déteste cet endroit, je déteste la maison, je déteste la Tamise, je déteste les gens à l'entour.

— Pourquoi êtes-vous restée ?

— Pour elle, pour ma fille. Vous avez tout gâché trop tôt. Elle vous a aimé. Je suis une incurable romanesque. J'y ai cru comme elle. Je vous surveillais sans en avoir l'air. Plusieurs fois la nuit, je vous ai écouté, cachée sur le palier du premier, le cœur battant comme si c'était à moi que vous parliez, Ted. Vous disiez des choses exquises et naïves comme on n'en dit qu'à votre âge. Dix fois je me suis retenue de vous crier : « Oubliez la promesse, faites l'amour tous les deux, cessez ces jeux de main, liez-vous pour toujours. Il n'y a pas d'amour pour les hommes sans cela ! » J'ai vécu cette histoire entre vous deux comme si ma propre vie recommençait. J'y ai cru alors qu'il valait mieux vous mettre à la porte. Vous avez tout détruit et, aujourd'hui, la voilà mariée à un sac de pommes de terre qui n'est même pas riche... Et vous arrivez ! Je devrais vous crever les yeux, et je succombe comme autrefois. Tout le monde vous aimait...

— Sauf l'horrible Mr Sutton.

— Il a essayé de mettre Sheila dans son lit. Il n'y est pas arrivé, du moins je l'espère car elle était une âme en peine, facile à tromper. J'ai mis Sutton à la porte. Il a racheté les hypothèques et maintenant il me chasse d'ici. Vous trouvez ça juste ?

Mrs Walter tamponna ses yeux et se redressa :

— Je vous laisse dans ce salon. Elle doit venir dans un instant. Elle montera d'abord m'embrasser dans ma chambre où je vais me recoucher et je vous l'enverrai. Soyez doux avec elle.

Elle l'embrassa et sortit. Revoir Sheila ? Il ne le souhaitait même plus. Mary entra, poussant un aspirateur qui avalait les grains de riz en crépitant. Mary aussi fumait en travaillant, le mégot collé à sa molle lèvre inférieure. Elle se couvrait les joues d'une crème ocrée qui laissait le menton et le cou terriblement blancs. Comment Sutton avait-il pu ? Il est vrai que le serre-tête blanc, le col et le tablier de dentelle, les bas noirs attiraient toujours les amateurs. L'impardonnable était d'avoir ensuite essayé de pousser Sheila dans son lit. Y avait-il réussi ? Mary sortit et il resta près de la fenêtre s'emplissant les yeux de ce que la pauvre Mrs Walter détestait aujourd'hui avec tant de hargne.

Sur la rive sud de l'estuaire, le vent d'est poussait des ballots de cumulus. Un dreadnought remontait le courant avec une majestueuse lenteur, escorté de deux torpilleurs cabrés dans la vague. La guerre ? Son ombre rouge et noir, affamée de jeunes hommes, avançait sur l'Europe. Des éclaircies ne s'ouvraient dans le ciel que pour mieux retarder la défaite des illusions. D'illusions, Ted n'en gardait guère et n'en souhaitait à personne. La guerre c'était une idée comme une autre. Elle résoudrait les problèmes particuliers que la vie posait à sa précoce adolescence. Quand le dreadnought et ses escorteurs furent hors de vue, Sheila poussa la porte du salon :

— C'est moi ! dit-elle, la voix étranglée.

En manteau bleu roi, coiffée d'un petit feutre gris. Il lui ôta son chapeau, libérant la masse de cheveux blond cendré qui laissait toujours à découvert l'oreille gauche si joliment ourlée. L'anorexie creusait ses traits, cernait d'ombre ses yeux pâlis.

— Oui, j'ai beaucoup maigri, dit-elle, mais ça va mieux. Je reprends des kilos. Si tu m'avais vue hier... j'ai mangé deux parts de la pièce montée.

Elle plongea la main dans son sac.

— Je n'en ai plus.

Il alluma et tira quelques bouffées d'une cigarette qu'il lui glissa entre les lèvres. Elle sourit :

— Je ne devrais pas accepter.

Ted se pencha vers elle et posa un baiser sur la joue restée duveteuse.

— Je savais que tu viendrais de France. Je t'ai appelé, appelé... sans doute pas assez fort... tu arrives trop tard.

Elle chancela. Il la retint par le coude.

— Je ne tiens pas debout. Asseyons-nous sur le canapé... ou plutôt non... asseyons-nous par terre devant la cheminée puisqu'il y a du feu comme autrefois. Tu te souviens ? Nous avions chacun une joue rouge et une joue pâle.

Elle allongea de côté, en équerre, ses jambes devenues si maigres, mais encore belles, aux genoux brillants sous la soie des bas. Le doigt de Ted caressa le plus proche des genoux. Sheila l'arrêta d'une tape sur la main :

— Je suis mariée. Depuis hier. Il faut te mettre ça

dans la tête... Non, ne pose pas de questions... Peter n'en a pas posé sur toi.

Un bandage enserrait l'index de la main qui avait donné la tape.

— Je me suis coupée en préparant le petit déjeuner. Je ne saurai jamais ouvrir une boîte de conserve. Si tu m'avais épousée tu souffrirais : je n'ai aucun sens pratique. Peter a décidé de tout m'enseigner. Il est merveilleux : il cuisine, cire les chaussures, repasse, coud comme une fée, conduit une voiture. Je ne pouvais vraiment épouser personne d'autre. Toi, tu n'aurais pas eu la patience de m'apprendre quoi que ce soit. Ce que je tiens de toi est profondément inutile dans la vie. Tu te souviens du poème d'Eliot que j'avais appris pour toi en changeant le sexe du récitant : « *Well! and what if he should die some afternoon...* » J'en ai appris d'autres en pensant à toi. Mais à quoi servent ces mots ? Rien. On se blesse un peu plus et c'est tout. Personne ne m'a préparé à vivre le cœur serré. Je ne sais pas, je n'apprendrai jamais. Oh, je ne te reproche rien. Tu es parti et tu as oublié... non pas complètement, bien sûr, puisque tu es là, puisque tu es arrivé hier m'a-t-on dit, quelques minutes trop tard pour m'enlever, mais je m'illusionne encore... tu ne m'aurais pas enlevée... il y a l'autre là-bas, celle qui t'arrache à moi, qui doit être bien belle et qui sait ce qu'est la vie, la vie qui t'amuse, qui t'intéresse, pas une vie comme la mienne... Je suis rompue, Ted. J'ai cessé de me nourrir pour que tu reviennes et tu n'es pas revenu. Ne crains rien, je ne mourrai pas, je vais être tout ce qui t'ennuie, une mère... je veux avoir des enfants. Ce n'est pas une idée très brillante à tes yeux... quand tu me parlais dans le noir sur la dernière marche, tu me préparais un destin fabuleux : ou je serai une grande actrice, mais je n'avais aucune envie de jouer ; une soprano divine, mais j'ai peu de voix ; ou je serai mannequin d'un grand couturier, la femme la mieux habillée de Paris... ou tu poussais la blague jusqu'à me proposer de devenir la maîtresse d'un homme richissime en te gardant comme amant de cœur. Mais je n'aime que les chaussures de tennis et les jupes de toile. Pour réaliser ces projets, tu as oublié une chose, c'est de revenir. A cause de cette femme. Quand tu la verras, dis-lui que personne ne la comprend mieux que moi. Parce que je t'aime aussi, même si c'est pour d'autres raisons qu'elle. Je me serais contentée d'une petite place près de toi, à l'ombre, très discrètement et tu aurais été l'homme le mieux aimé du monde... Voilà... maintenant, tu vas me laisser, enfant gâtée qui se réveille femme sans bien comprendre ce qui lui arrive, qui a besoin d'un homme solide à qui s'accrocher pour ne pas retomber dans un gouffre. Tu ne sais pas comme c'est effrayant la vie qui s'ouvre à moi et toi qui ne seras plus jamais là pour me faire rêver...

Elle ferma les yeux comme si le vertige la saisissait, dodelinant légèrement de la tête. Ted se pencha et posa un baiser sur les lèvres pâles. Sheila rouvrit les yeux et sourit :

— Tu n'as plus le droit d'être là, dit-elle en posant la main sur son cœur, mais au fond tu y seras toujours. Je vais te cacher et moi seule connaîtrai ta cachette. Maintenant pars et ne te retourne pas.

A son tour, elle se pencha vers lui pour l'effleurer d'un baiser d'oiseau.

« Vous souviendriez-vous d'elle aujourd'hui si, avant qu'elle se marie, je lui avais fait l'amour? demande Ted. Ou se serait-elle confondue avec celles qui vous ont procuré du plaisir par la suite et que vous n'êtes même pas certain de pouvoir citer sans oublier des noms et des visages si l'on vous en demande la liste? — Tu touches là un point capital. Dans son éthique démodée, Mrs Walter espérait me garder auprès de sa fille si nous nous réservions à plus tard de goûter au fruit défendu. Il s'est produit le contraire. La première femme que j'ai connue est restée à jamais dans ma vie. Un amour éthéré pour une jeune fille de dix-huit ans, même parée de tous les charmes, ne résiste pas à un tel choc. Plus tard — trop tard —, Mrs Walter a regretté amèrement ses interdictions, persuadée, a priori, que si nous avions, Sheila et moi, osé le grand jeu, je n'aurais pas abandonné sa fille pour Béatrix. Elle se trompait encore, puisque tout ce qui me reste de cette aventure, je le dois à notre retenue qui a laissé un souvenir unique dans ma mémoire comme les deux ou trois autres fois de ma vie où les circonstances ont empêché le total accomplissement d'un désir. L'acte d'amour foudroie et laisse souvent après son exécution, une odeur de soufre ou un goût de pierre à fusil. Il balaye tout respect humain sur son passage, mais il comporte aussi une suite, un réveil où, beaucoup plus souvent qu'on ne croit, un amer dégoût s'empare de l'un ou l'autre des amants, parfois des deux. — En somme, en la respectant, je vous ai offert un beau et poétique souvenir pour vos vieux jours. — Ce n'est pas à crier sur les toits ni à publier. — Mrs Walter a eu raison ! — Oui, mais involontairement et d'un point de vue purement esthétique qui n'était pas le sien. Elle adorait sa fille et je crois qu'elle m'aimait aussi, mais nous partions trop tôt. Il n'y avait pas de solution à ce problème, et elle ne s'est jamais doutée, dans les années qui lui restaient à vivre, qu'elle offrait un admirable thème à mes... comment dirais-je... avec pudeur et pour ne pas me prendre trop au sérieux... un admirable thème à mes méditations. — Thème que vous oubliez souvent ! Il a fallu une photo pour vous le rendre de nouveau sensible. — Oui, c'est un thème aux modulations dont les amplitudes passent par des phases tantôt obsessionnelles tantôt d'oubli. J'ai pu respirer des mois sans avoir une pensée pour Sheila, et tout d'un coup être de nouveau envahi par le souvenir et les images de nos rencontres, revivre avec une précision presque intolérable des scènes dont je te passe la description comme celle de la salle de bains. — Etait-ce si inoubliable ? Je la revois sans être plus ému que par d'autres scènes. — C'est qu'il lui manque le temps et l'expérience qui l'ont portée à son point de perfection dans mon souvenir et que, même tant d'années après, je ne la revis pas sans en être profondément ému. — S'agissait-il du jour où je passais devant la salle de bains et où elle m'a appelé ? — Tu as l'air de trouver ça normal et moi je trouve ça inouï ! Tu es entré et elle se tenait debout dans la baignoire, coiffée d'une espèce de bonnet transparent sous lequel elle rassemblait ses farouches cheveux. Elle tenait une grosse éponge à la main et elle s'était couverte d'une pudique mousse blanche dont les bulles irisées éclataient l'une après l'autre, découvrant la pointe d'un sein, le nombril, une épaule. Elle t'a demandé de la savonner et de la brosser dans le dos et sur les reins, puis de la brosser de nouveau au gant de crin. Te rappelles-tu ce qui t'est arrivé ? — Oui, quelle émotion ! Elle n'a pas compris pourquoi je l'ai brusquement quittée. — Oublier cette image et ce plaisir est impossible. A Rome, un soir où je dînais avec un ami dans une trattoria de la place Navone, j'ai aperçu à une table voisine son dos dénudé par une robe à smocks décolletée jusqu'aux reins. Bien que je ne l'eusse pas revue depuis une quinzaine d'années, j'ai aussitôt reconnu ses gestes, sa nuque fragile, le blond cendré de ses cheveux. Elle parlait avec un homme dont on dirait dans les journaux prudents qu'il était basané, et elle parlait anglais, cela j'en étais certain bien que je n'entendisse pas ce qu'ils se disaient. J'étais absolument paralysé ; incapable de répondre aux questions de mon ami italien qui a fini par se retourner pour voir ce qui m'attirait tant. “ C'est Orfeo, m'a-t-il dit, le journaliste. Tu le connais sûrement. ” Oui, je l'avais peut-être rencontré, mais c'est elle que je regardais de dos, penchant la tête, allumant une cigarette et s'aveuglant d'un nuage de fumée qui s'élevait au-dessus de ses cheveux en de petits ronds dans lesquels elle s'amusait à passer le doigt. Tu as déjà deviné que ce n'était pas Sheila et que j'ai été soulagé en voyant cette inconnue, d'ailleurs élégante et belle, se lever et partir main dans la main avec son amant d'un soir. Pendant des semaines, j'ai vécu, pensé, dormi sous l'influence de cette rencontre, taquiné par le désir de revenir à Westcliff et de retrouver la vraie Sheila. Quelque chose s'est enfin présenté et j'ai oublié. Une autre fois cependant, je suis certain de l'avoir vue et cela reste beaucoup plus plausible puisque c'était à Londres, un après-midi où je sortais d'une exposition des sculptures de Rembrandt Bugatti et des voitures de son frère Ettore. Je me dirigeais vers une file de taxi quand une femme venant en sens inverse et tenant un enfant par la main s'est précipitée sur le premier taxi de la file pour y monter en poussant l'enfant devant elle. Le taxi a démarré aussitôt. J'aurais dû courir, crier, demander à une autre voiture de la suivre, mais je ne l'ai pas fait, persuadé que si elle se précipitait ainsi c'est qu'elle m'avait vu et voulait m'éviter. J'ai passé vingt-quatres heures très nauséeuses et puis tout s'est adouci quand je suis parti pour New York où m'attendaient les satisfactions que tu sais. »

Trois pensionnaires seulement dînaient, y compris le pasteur sourd. Le couvert d'Edouard était mis à la table de Mrs Trump. Il déglutissait de plus en plus difficilement. Chaque cuiller de soupe brûlait comme de la poix son larynx à vif. Caroline lui apporta un nouveau whisky chaud qu'il but à petites gorgées. Il commençait à voir trouble. Les images de Caroline et de sa mère glissaient l'une sur l'autre, se confondaient, se dissociaient s'il n'y prenait pas garde. Il serra les poings et Caroline demanda s'il avait connu Freddie Ashton. Comme en un rêve il s'entendit répondre que oui, qu'après la première de *Cinderella*, à Covent Garden, ils avaient soupé ensemble. Etait-il très beau ? Franchement, il ne s'en souvenait plus. Il avait plutôt porté son attention sur la divine Margot Fonteyn qui était à l'autre bout de la table si bien qu'il n'avait pas pu lui dire un mot de la soirée, ni même entendre le son de sa voix.

— Et Lifar ?

— Je l'ai très bien connu. Nous étions amis. J'adorais ses histoires. Jamais je ne saurai les raconter comme lui, surtout celles de son enfance. Petit garçon, il s'amusait à faire l'amour avec un arbre du jardin de ses parents. Dans l'écorce il y avait un trou juste assez grand pour sa quéquette. Un jour l'arbre a eu de l'effet sur lui et il n'a plus pu se retirer. Un domestique a été obligé de le dégager en élargissant le trou avec un ciseau à bois.

Caroline éclata de rire. Mrs Trump rougit et crut bon de se fâcher.

— Est-ce que ce genre d'histoire n'est pas pour après le dîner quand les messieurs sont entre eux. Franchement, vous exagérez.

— Oh non, je n'exagère pas. C'est une histoire tout à fait vraie et même fort morale que je pourrais terminer en forme d'adage : on ne saurait jouir de tout. Je vous garantis qu'après cette expérience Serge n'a pas recommencé. Du moins, avec des arbres.

— On serait prudent à moins, conclut, péremptoire, Mrs Trump. Caroline cesse de rire comme si tu comprenais.

— Je comprends tout, maman. C'est parfaitement clair ! dit Caroline, plongeant le nez dans son assiette.

— Ce n'est pas vrai, répliqua vivement Mrs Trump. Tu ne comprends pas tout. Et heureusement !

— De quoi crois-tu que les filles et les garçons parlent à notre cours ? De ça ! Et même pour tout te révéler : de rien d'autre.

— Eh bien s'il en est ainsi, tu ne retourneras plus à ce cours.

— J'y retournerai.

— Nous verrons.

Edouard demanda la permission de se lever deux minutes pour respirer de l'air frais sur le pas de la porte. On étouffait. Mrs Trump poussait trop le chauffage, sauf dans les chambres. Ayant détourné la discussion, il alla vers la porte, ou, plutôt se traîna jusqu'au hall d'entrée, les jambes molles, la sueur au front. Un vent glacé le prit au dépourvu quand il avança vers un carré de pelouse et urina avec un bonheur indicible. Il allait mieux et c'est d'un pas plus ferme qu'il regagna la salle à manger où, à son retour, Caroline pouffa de rire.

— Vous savez, dit-elle, que vous étiez devant la fenêtre de la salle à manger et qu'on vous a très bien vu faire pipi.

— Caroline ! s'exclama Mrs Trump indignée.

— Et ça faisait un bruit comme une fontaine. Tu l'as vu comme moi, maman.

— Je n'ai pas regardé. Tu gênes ce monsieur.

— Pas du tout, dit Edouard enchanté. Vous ne me gênez pas. J'espère que votre pelouse n'a pas souffert ? J'ai bu tellement de grogs aujourd'hui ! Où allez-vous Mrs Trump ? Ne me laissez pas seul avec Caroline ou nous allons nous raconter des histoires cochonnes pour lesquelles il est visible que nous avons un goût commun.

— Très commun, en effet ! Pardonnez-moi, le téléphone sonne.

Mrs Trump disparut.

— Caroline, ne trouvez-vous pas qu'on raconte mieux une histoire cochonne si elle choque quelqu'un dans l'assistance ?

— C'est vrai que l'indignation de maman ajoute au plaisir.

— Alors, attendons son retour.

Mrs Trump revint, brandissant un papier à l'intention d'Edouard.

— C'était ma mère ! La mémoire lui est brusquement revenue ce matin au réveil. Votre amie ne s'appelait pas Leila, mais Sheila Walter. Elles échangent des cartes de Noël. Apparemment votre amie est divorcée depuis longtemps. Maman se souvient d'avoir dansé avec vous au casino de la jetée. Vous dansiez très bien, a-t-elle précisé.

— Là, je crains que sa mémoire défaille légèrement.

— Non, non. Elle se rappelle tout. On vous appelait Ned, vous circuliez sur une moto rouge et vous fumiez le cigare.

— Pourquoi pas ? dit Edouard conciliant.

— J'ai été obligé de l'interrompre. Sans cela elle parlerait des heures au téléphone. Et après, furieuse, elle m'envoie la note. Voici l'adresse. Votre amie n'a pas beaucoup bougé depuis sa jeunesse. Elle habite à trois pas d'ici. Caroline vous conduira.

— Ce soir ?

— Pourquoi pas ? Voilà cinquante ans que vous attendez ce moment-là, l'un et l'autre.

— Je ne vous croyais pas si perspicace, Mrs Trump. Est-ce que nous ne pourrions pas célébrer cet événement ?

— De quelle façon ?

— Vous avez du champagne dans votre cave ?

— Hélas non !

— Du cognac ?

— J'ai gardé une bouteille rapportée de France l'an dernier. Ici, l'usage n'est guère de boire.

— J'adore bouleverser les usages. Vous mettrez cette bouteille à mon compte.

Un peu plus tard, ils passèrent dans le salon où le pasteur Baker, d'énormes écouteurs sur les oreilles, regardait la télévision. Edouard lui apporta un verre de cognac qu'il prit d'un air agacé, but d'un trait et rendit d'un geste impérieux sans cesser de contempler l'écran où un couple roucoulait au lit.

— Je peux vous conduire maintenant, dit Caroline. Cette dame sera sûrement devant sa télévision.

Edouard jeta un coup d'œil à sa montre. Il eut

quelque mal à lire la position des aiguilles. Il était peut-être neuf heures.

— Mieux vaudrait téléphoner, dit-il. Avez-vous un annuaire ?

Mrs Trump et Caroline échangèrent un regard consterné et désignèrent le pasteur penché en avant qui serrait les poings et murmurait des mots inintelligibles. Sur l'écran, le mari habillé et l'amant nu se livraient une bataille féroce tandis que la femme terrifiée se cachait sous les draps. Pour n'être pas tout à fait neuve, la situation n'en passionnait pas moins le Révérend Baker qui restait assis sur deux annuaires.

— Il n'est pas question de les récupérer avant la fin du feuilleton. Notre ami est très petit. La télévision est à peu près tout ce qu'il y a de sacré pour lui, dit Caroline.

Mrs Trump donna une légère tape sur le bras de sa fille.

— On ne dit pas ces choses-là, fit-elle avec fermeté. Nous pouvons plaisanter entre nous, mais pas devant un... un étranger.

— Vous voulez dire un catholique ? demanda Edouard.

— J'ignorais que vous fussiez catholique, dit Mrs Trump, encore que cela soit plausible. Toujours est-il qu'on ne dérange pas le Révérend avant qu'il ait fini de voir son feuilleton.

Edouard essuya une goutte de sueur qui menaçait de courir sur l'arête de son nez.

— Je ne me sens pas très en forme pour une visite. Si nous remettions cela à demain ? Demain matin. Une nuit d'attente ce n'est rien ajoutée aux cinquante dernières années.

Il but encore d'un trait un verre de cognac dont la sensation se révéla délicieuse malgré l'irritation. Tout semblait contradictoire : il frissonnait de froid et ruisselait de sueur, l'alcool loin de brûler sa gorge la rafraîchissait.

— Avez-vous remarqué, dit-il à Mrs Trump, comme l'identification de nos sensations est d'un diagnostic fragile, comme tout ce que nous croyons percevoir a été, à un moment ou à un autre, brouillé par des parasites qui faussent les données et, bien sûr, l'entendement ?

— Je n'ai rien remarqué ! avoua un rien confuse Mrs Trump. Je prêterai attention la prochaine fois. En attendant, je me demande si vous ne feriez pas bien de vous coucher.

— Encore un « bonnet de nuit » ou « un pour la route », comme vous dites si joliment en anglais, alors que les Français, plus cavaliers dans l'âme, préfèrent : « Le coup de l'étrier » qui n'est pas mal imagé. Je vous laisse la bouteille. Si vous ne buvez pas tout mettez quelques gouttes de côté pour mon thé du matin. C'est un merveilleux coup d'accélérateur.

Le lendemain Caroline prétendit qu'elle l'avait accompagné jusqu'à sa chambre et qu'à peine arrivé, il s'était roulé dans l'édredon et endormi. Elle avait desserré le nœud de cravate et ajouté une couverture. Edouard ne se souvenait plus d'avoir eu mal à la gorge.

— Le remède est radical, dit-il au petit déjeuner. Les virus sont des lâches très craintifs. Changez brutalement leur environnement et ils s'enfuient comme des péteux. Reste-t-il encore de cet exquis cognac? Il ne faut pas s'arrêter avant la guérison complète. J'en mettrais volontiers quelques gouttes dans mon thé qui est infect. Contrairement à toutes les légendes, les Anglais sont des barbares dès qu'il s'agit de préparer le thé.

Ces manières plaisaient au moins à Caroline qui le trouvait immensément drôle.

— Vous devriez rester! dit-elle.

— Moi, rester! Vous n'y pensez pas! Un demi-siècle de moins à mon tableau d'affichage et je restais pour vous arracher à votre mère, mais cette année il n'y faut plus compter. J'ai un double, une espèce de fantôme exigeant qui passe son temps à me rabrouer et qui veut que je quitte Westcliff sur l'heure. Il paraît que j'y ai déjà fait assez de dégâts dans le passé et il n'est pas question qu'on me laisse recommencer. Aussi vous serais-je éternellement reconnaissant de me commander un taxi.

— Où allez-vous ?

— A Londres.

— Prenez le train, c'est moins cher.

— J'ai acquis des goûts de luxe et je n'ai pas de raisons de me priver. Pourrais-je avoir encore un ou deux de ces délicieux *scones* avec de la marmelade de Dundee ? C'est tout. Rien d'autre. Je ne partirai pas d'ici avec des regrets plein le cœur pour arriver à Paris avec une envie de femme enceinte en me disant : c'est trop bête, j'aurais dû manger quelques *scones* de plus pendant que j'y étais.

Mrs Trump apporta elle-même les galettes au raisin.

— Vous vous sentez mieux, je crois ?

— Ai-je jamais été mal ? En tout cas, j'ai dormi. C'est la meilleure des médecines.

— Voici le numéro de téléphone de votre amie.

Il glissa le papier dans sa poche, mangea les délicieux *scones*, but plusieurs tasses de thé arrosé.

— Je monte boucler ma valise. Donnez-moi une demi-heure pour le taxi.

Deux goélands qui dansaient un fébrile ballet amoureux sur la rampe du balcon, le défièrent quand il tapota la vitre. Le toit en biseau du voisin gâchait une partie de la vue sur l'estuaire qu'Edouard n'éprouvait plus le besoin de contempler aussi avidement. C'était beaucoup mieux dans les livres qui racontaient la bataille des voiliers contre les vents contraires et la traîtrise des bas-fonds. Au-delà, on cherchait en vain l'horizon : la mer du Nord et le ciel ne se départageaient plus, royaume des corps et royaume des âmes mortes. Combien n'étaient pas revenus de ces périples à la recherche de l'or, des épices, des étoffes de lumière. Il avait lui-même succombé à ces mirages, espéré des trésors pour revenir les mains vides et ne plus trouver de toit ni de lit. Il restait léger, s'était peu encombré de bagages et jamais, jusqu'à la découverte de la photo, ne l'avait regretté. L'heure des vains remords ne sonnait pas. Elle ne sonnerait pas. On ne pleure pas sur soi-même. On ne se justifie pas plus. On a été, on est. C'est tout.

« Voyons, dit Ted, je ne vous comprends pas. Caroline vous trouve irrésistible, et vous partez. On croirait que vous avez fait cela toute votre vie : partir... et revenir cinquante ans plus tard pour vous offrir quelques pincements de cœur et découvrir que l'on vous aimait bien au-delà de ce que vous croyiez. Parce que vous êtes un aventurier au sens noble du mot et que vous vous êtes refusé de vous arrêter en route, vous avez saccagé du bonheur et ruiné une maison. — Tu exagères. Je n'ai aucun de ces crimes sur la conscience. Sheila n'aurait jamais aimé la vie que j'ai pu avoir. Quant à Mrs Walter, elle buvait avant de me connaître. — Elle connaissait ses limites, elle les a dépassées pour oublier que vous cassiez la vie de sa fille. — Tu inventes pour que je me morfonde. Nous échangeons nos rôles. Avant de partir, tu voulais m'empêcher de revenir ici. Dans ma vie libre, tu voyais le reflet de tes ambitions de jeune homme. Maintenant que tu goûtes au charme des retrouvailles avec un émouvant passé, tu voudrais que je reste. Pas de remords. Je connais ce genre d'exercice : ça s'appelle du masochisme. On n'est pas responsable du destin des autres. Ils n'ont qu'à se prendre en main, qu'à rebondir quand on les laisse tomber. Dis-moi un peu quand et comment on rencontre de la bonté dans la vie ? Jamais ! Et la " solution finale " est le seul moyen inventé par les puissances divines pour débarrasser la terre des fourmis que nous sommes. Toute notre vie se passe dans un grand camp de concentration dont nous ne nous évadons que par la pensée. J'ai pu survivre égoïstement parce qu'on m'avait accordé un don. Ce don je l'ai sauvé de la tempête et il m'a servi à distraire d'autres hommes de leur peine et de leurs chagrins, et je suis arrivé à la conclusion que nous n'avons pour tranquillisant que l'amitié. Pas l'amour. — Vous n'en croyez pas un mot. — Je le crois maintenant, mais je ne savais pas à ton âge que j'avais raison. — De la maison de Leas Gardens vous avez dit que c'était la maison du bonheur. — Je l'ai dit et je le crois, mais tu connais mes idées : l'homme n'est pas fait pour le bonheur. Personne ne lui apprend à le conserver. — La gentille Caroline est prête pour le bonheur. — Alors c'est qu'elle est une ratée et elle ferait mieux d'arrêter tout de suite ses cours de danse, de se marier et d'avoir des enfants. — J'espère au moins que vous n'allez pas tourner la tête de Caroline ? Je vous vois venir : une fillette passe. La vue de ses nattes dans le dos vous émoustille. Vous déployez vos charmes. Elle ne se jettera pas dans vos bras, mais elle ne supportera plus le jeune idiot dont elle s'amourachait. Goguenard vous vous réjouissez du désastre. — Et si ça l'amuse aussi de séduire ou de croire qu'elle séduit un barbon ? — Avez-vous remarqué comme elle pose joliment ses pieds en équerre et joint ses mains derrière son dos pour redresser ses épaules et faire saillir sa poitrine ? Elle a l'air d'une danseuse de Degas. — J'ai remarqué. — Vous la faites rire. — C'est un principe chez moi. Je ne vais pas la faire pleurer. Suffit d'une fois dans ma vie. On quitte beaucoup plus facilement les femmes gaies que les pleureuses. — Qui vous parle toujours de les quitter ? — Moi. — Garderez-vous Caroline en réserve dans nos deux imaginations ? — Nous la romancerons, nous l'habillerons, nous la déshabillerons, nous lui ferons l'amour, nous lui offrirons des bijoux et nous la renverrons à sa mère. — Vous ne professiez pas ces idées quand vous étiez " moi " ! — J'ai changé. — Et vous quittez Westcliff sans avoir téléphoné à Sheila que vous passeriez la voir ! — L'idée était jolie. Ne la déflorons pas. Il n'y a de parfait que l'imaginaire. — Faites-lui au moins un signe. — J'y ai pensé. »

Edouard glissa dans une enveloppe l'agrandissement de la photo qui avait déclenché songeries et voyage. Au crayon, il écrivit : « Pour Sheila », scella le tout et descendit avec son sac. Mrs Trump finissait de préparer la note.

— Une petite seconde, dit-elle. Le taxi est déjà là. Est-ce que ça vous ennuierait de déposer Caroline à

Londres ? Nous venons de recevoir un coup de téléphone : son école rouvre.

Caroline donna l'adresse au chauffeur qui s'arrêta devant une très ordinaire maison de brique entourée d'un maigre jardin. Edouard confia l'enveloppe à la jeune fille.

— Vous la remettrez en mains propres à l'amie de votre grand-mère. Je l'apercevrai à travers la vitre de la voiture. Cela suffira. Merci Caroline.

— Et si la dame demande de la part de qui ?

— Vous lui direz : ce n'est rien qu'un souvenir.

DU MÊME AUTEUR

Aux Éditions Gallimard

JE NE VEUX JAMAIS L'OUBLIER, *roman.*

LES TROMPEUSES ESPÉRANCES, *roman.*

LE BALCON DE SEPTSAI, *récit.*

UN PARFUM DE JASMIN, *nouvelles.*

LES PONEYS SAUVAGES, *roman* (Prix Interallié).

UN TAXI MAUVE, *roman* (Grand prix du roman de l'Académie française).

LE JEUNE HOMME VERT, *roman.*

THOMAS ET L'INFINI, illustré par Étienne Delessert.

LES VINGT ANS DU JEUNE HOMME VERT, *roman.*

DISCOURS DE RÉCEPTION DE MICHEL DÉON À L'ACADÉMIE FRANÇAISE ET RÉPONSE DE FÉLICIEN MARCEAU.

UN DÉJEUNER DE SOLEIL, *roman.*

« JE VOUS ÉCRIS D'ITALIE... », *roman.*

LA MONTÉE DU SOIR, *roman* (Folio).

MA VIE N'EST PLUS UN ROMAN, *théâtre.*

DISCOURS DE RÉCEPTION DE JACQUES LAURENT À L'ACADÉMIE FRANÇAISE ET RÉPONSE DE MICHEL DÉON.

UN SOUVENIR, *roman.*

LE RENDEZ-VOUS DE PATMOS, *récits* (Folio).

LOUIS XIV PAR LUI-MÊME (Folio).

Aux Éditions de la Table Ronde

LA CORRIDA, *roman* (Folio).

LES GENS DE LA NUIT, *roman* (Folio).

MÉGALONOSE, *pamphlet.*

TOUT L'AMOUR DU MONDE, *récits* (Folio).

MES ARCHES DE NOÉ, *récits* (Folio).

LA CAROTTE ET LE BÂTON, *roman* (Folio).

BAGAGES POUR VANCOUVER, *récits* (Folio).

Aux Éditions Fasquelle

LETTRE À UN JEUNE RASTIGNAC, *libelle.*

FLEUR DE COLCHIQUE, avec des eaux-fortes de Jean-Paul Vroom.

À La Librairie Nicaise

HISTOIRE DE MINNIE, eaux fortes de Baltazar.

BALINDABOUR, eaux-fortes de Willy Mucha.

UN BARBARE AU PARADIS, eaux-fortes de Baltazar.

Aux Éditions Cristiani

EST-OUEST, illustré par Jean Cortot.

Aux Éditions Matarasso

TURBULENCES, eaux-fortes de Baltazar.
UNIVERS LABYRINTHIQUE, gravures de Dorny.
HU-TU-FU, eaux-fortes de Baltazar.

Aux Éditions La Palatine

UNE JEUNE PARQUE, eaux-fortes de Mathieux-Marie.

Impression Brodard et Taupin,
à La Flèche (Sarthe),
le 10 avril 1992.
Dépôt légal : avril 1992.
Numéro d'imprimeur : 1565F-5.
ISBN 2-07-038510-8 / Imprimé en France.